ANALYSEN UND REFLEXIONEN
Band 24

Jennifer Willms

Hermann Hesse

Siddhartha
Der Steppenwolf

Zum Verständnis seiner Prosa
Erläuterungen –
Didaktisch-methodische Hinweise

Joachim Beyer Verlag – Hollfeld

1. Auflage 2010

ISBN 978-3-88805-394-8

Inhalt

1. Hermann Hesse

1.1 Kurzbiografie und Bibliografie

1877 wird Hermann Hesse am 2. Juli in Calw/Württemberg als Sohn des aus Estland stammenden Missionars und späteren Leiters des Calwer Verlagsvereins, Johannes Hesse (1847-1916), und Marie Hesse, geb. Gundert, verw. Isenberg (1842-1902), der ältesten Tochter des namhaften Indologen und Missionars Dr. Hermann Gundert, geboren.

1881 bis 1886 lebt er mit seinen Eltern in Basel. Dort erwirbt sein Vater

1883 die Schweizer Staatsangehörigkeit. Nach der Rückkehr nach Calw besucht Hesse das Reallyzeum und von

1890 bis 1891 die Lateinschule in Göppingen. Er legt das Württembergische Landexamen ab, um die Theologenlaufbahn einzuschlagen. Sein Vater erwirbt deshalb für ihn 1890 die württembergische Staatsangehörigkeit. Im September

1891 tritt Hesse in das evangelische Klosterseminar Maulbronn ein. Anfang März

1892 läuft er davon, weil er „entweder Dichter oder gar nichts" werden will. Im Mai bricht er die Seminarausbildung ab, wird zu Christoph Blumhardt (zum „Teufelaustreiben") nach Bad Boll und danach in die Nervenheilanstalt Stetten im Remstal gebracht. Ab November besucht er das Gymnasium in Cannstatt, besteht dort im Juli

1893 das Einjährig-Freiwilligen-Examen, verlässt im Oktober das Gymnasium, beginnt eine Buchhändlerlehre in Esslingen, bricht sie aber nach zwei Tagen ab. Von Juni

1894 bis Oktober 1895 ist er Praktikant in der Calwer Turmuhrenfabrik Perrot. Von

1895 bis 1898 ist er Lehrling in der Buchhandlung J.J. Heckenhauer in Tübingen.

1899 veröffentlicht er seine ersten Werke: den Gedichtband *Romantische Lieder* und die Prosastudien *Eine Stunde hinter Mitternacht*. Im Herbst wechselt er als Buchhandlungsgehilfe zu R. Reich nach Basel. Von Basel aus unternimmt er

1901 seine erste Italienreise. Er veröffentlicht *Hinterlassene Schriften und Gedichte von Hermann Lauscher* und

1902 einen Band *Gedichte*; sie sind seiner Mutter gewidmet, die kurz vor Erscheinen des Bändchens stirbt.

1903 unternimmt er eine zweite Italienreise, nachdem er seinen Beruf als Buchhändler und Antiquar aufgegeben hat. Der Berliner Verleger Samuel Fischer tritt an Hesse - nach Anregung durch den Schriftstellers Paul Ilg - mit der Bitte heran, gelegentlich Arbeiten einzureichen.

1904 erscheint im Verlag S. Fischer sein Roman *Peter Camenzind*, der ihn schnell berühmt macht. Für diesen Roman erhält er den Wiener Bauernfeldpreis. Er heiratet die Baslerin Maria Bernoulli (1868-1963). Aus dieser Ehe stammen die Söhne Bruno (1905-1999), Heiner (1909-2003) und Martin (1911-1968). Hesse bezieht mit seiner Frau ein leer stehendes Bauernhaus in Gaienhofen am Bodensee. In diesem Jahr erscheinen auch die Bändchen über *Boccaccio* und *Franz von Assisi*.

1906 erscheint die Erzählung *Unterm Rad* und

1907 der Erzählungsband *Diesseits*. Hesse zieht in Gaienhofen in ein eigenes Haus am Erlenloh. Von 1907 bis 1912 ist er Mitherausgeber der Halbmonatsschrift „März".

1908 erscheint der Erzählungsband *Nachbarn,*

1910 der Roman *Gertrud,*

1911 der Gedichtband *Unterwegs.* Mit dem Maler Hans Sturzenegger unternimmt er seine Reise nach Indien.

1912 verlässt er Deutschland und zieht mit seiner Familie in das Landhaus des verstorbenen Malers Albert Welti in Ostermundigen bei Bern. Es erscheinen der Erzählungsband *Umwege,*

1913 die Reisebilder *Aus Indien* und

1914 der Roman *Rosshalde.* Bei Kriegsbeginn meldet sich Hesse freiwillig, wird aber als dienstuntauglich zurückgestellt und der Deutschen Gesandtschaft in Bern zugeteilt, wo er im Dienst der „Deutschen Gefangenenfürsorge" Kriegsgefangene und Internierte in Frankreich, England, Russland und Italien Lektüre versorgt, die „Deutsche Internierten-Zeitung" herausgibt und den „Verlag der Bücherzentrale für deutsche Kriegsgefangene" aufgebaut, in dem von 1918 bis 1919 22 Bändchen erscheinen. Er veröffentlicht zahlreiche politische Aufsätze.

Seine Appelle gegen nationale Besessenheit und seine Aufrufe zu Vernunft und Humanität lösen auf deutscher Seite Empörung, sogar Hass aus. Die Presse beschimpft ihn als „Gesinnungslumpen" und als „Ritter von der traurigen Gestalt". Zeitlebens vergisst Hesse diese Schmähungen nicht.

1915 erscheinen der Erzählungsband *Am Weg, Knulp. Drei Geschichten aus dem Leben Knulps,*

1916 das Gedichtbändchen *Musik des Einsamen* (Titelblatt 1915) und die Erzählung *Schön ist die Jugend.* Der Tod des Vaters, die Krankheit seiner Frau und des Sohnes Martin führen zu einem Nervenzusammenbruch. Während einer Kur in Sonnmatt bei Luzern begibt er sich in psychotherapeutische Behandlung durch J. B. Lang, ein Schüler C. G. Jungs.

1919 veröffentlicht er *Die Heimkehr. Erster Akt eines Zeitdramas.* 1919 bis 1922 gibt er mit Richard Woltereck die Monatsschrift *Vivos Voco* heraus. 1919 erhält er den Fontanepreis für seine zunächst unter dem Pseudonym Emil Sinclair veröffentlichte Erzählung *Demian*, gibt ihn aber nach Aufdeckung des Pseudonyms zurück, da der Preis für Anfänger gedacht ist. Es erscheinen der Erzählungsband *Kleiner Garten*, die *Märchen* und das zunächst anonym veröffentlichte Bändchen *Zarathustras Wiederkehr. Ein Wort an die deutsche Jugend von einem Deutschen.* Hesse trennt sich von seiner Familie und zieht ins Tessin nach Montagnola bei Lugano, wo er bis zu seinem Tode lebt.

1920 veröffentlicht er *Gedichte des Malers* und *Wanderung*, beide mit eigenen Aquarellen geschmückt, die Novelle *Klingsors letzter Sommer,*

1921 *Ausgewählte Gedichte, Blick ins Chaos, Elf Aquarelle aus dem Tessin,*

1922 *Siddhartha. Eine indische Dichtung* und

1923 *Sinclairs Notizbuch.* Von 1923 bis 1952 ist Hesse, immer im Spätherbst, Kurgast in Baden an der Limmat. Nach Auflösung seiner ersten Ehe ist er von

1924 bis 1927 mit Ruth Wenger (1897-1994), einer Tochter der Schriftstellerin Lisa Wenger und des Stahlwarenfabrikanten Theo Wenger, verheiratet.

1924 erwirbt er die Schweizer Staatsangehörigkeit.

1925 erscheinen *Kurgast* und *Piktors Verwandlungen.* Seit diesem Jahr gibt der S. Fischer Verlag in Berlin Hesses *Gesammelte Werke in Einzelausgaben* heraus.

1926 wird Hesse als auswärtiges Mitglied in die Sektion für Dichtkunst der Preußischen Akademie der Künste ausgewählt, aus der er 1930 austritt. Es erscheinen das *Bilderbuch*,

1927 *Der Steppenwolf* und das Buch über *Die Nürnberger Reise*,

1928 die *Betrachtungen* und der Gedichtband *Krisis*,

1929 der Gedichtband *Trost der Nacht*, die Betrachtung über *Eine Bibliothek der Weltliteratur*,

1930 die Erzählung *Narziss und Goldmund* und die erweiterte Ausgabe des Erzählungsbandes *Diesseits*.

Das Heraufdämmern der Gefahren des „neuen" Deutschland ahnt er wie nur wenige andere Schriftsteller früh voraus. In den dreißiger Jahren gerät er zusehends zwischen die Fronten; er wird von den neuen Machthabern und den Emigranten gleichermaßen umworben wie angegriffen.

1931 heiratet er die aus Czernowitz stammende Kunsthistorikerin Ninon Dolbin, geb. Ausländer (1895-1966). Er verlässt die Casa Camuzzi, die er seit 1919 bewohnt hat, und zieht in ein neues Haus, das ihm sein Zürcher Freund Dr. Hans C. Bodmer auf Lebenszeit zur Verfügung gestellt hat. Es erscheint der Erzählungsband *Weg nach innen*,

1932 *Die Morgenlandfahrt*,

1933 der Erzählungsband *Kleine Welt*,

1934 der Gedichtband *Vom Baum des Lebens*,

1935 das *Fabulierbuch* und

1936 die Idylle *Stunden im Garten*. Hesse erhält den Gottfried-Keller-Preis.

1937 erscheinen die *Gedenkblätter*, der Band *Neue Gedichte* und die Erinnerung aus der Kindheit *Der lahme Knabe.* Von

1939 bis 1945 gelten seine Werke in Deutschland als „unerwünschte Literatur". *Der Steppenwolf, Betrachtungen* und *Narziss und Goldmund* können nicht mehr nachgedruckt werden. In Vereinbarung mit dem Verleger Peter Suhrkamp erscheint deshalb seit

1942 eine Fortsetzung der *Gesammelten Werke in Einzelausgaben* im Verlag Fretz & Wasmuth in Zürich, als erstes *Die Gedichte*, eine Gesamtausgabe seiner Lyrik, dann

1943 *Das Glasperlenspiel. Versuch einer Lebensbeschreibung des Magister Ludi Josef Knecht samt Knechts hinterlassenen Schriften,*

1945 *Der Blütenzweig*, eine Auswahl seiner Gedichte, das Romanfragment *Berthold* und Erzählungen und Märchen im Band *Traumfährte*. Seit

1946 erscheinen die deutschen Ausgaben der Werke Hesses im Suhrkamp Verlag vorm. S. Fischer in Berlin, seit 1951 im Suhrkamp Verlag in Berlin und Frankfurt am Main. 1946 erhält Hesse den Goethepreis der Stadt Frankfurt am Main und den Nobelpreis für Literatur. Es erscheinen das Bändchen *Dank an Goethe* und die Betrachtungen zu *Krieg und Frieden.*

1947 verleiht ihm die Philosophische Fakultät der Universität Bern die Würde eines Ehrendoktors. Hesse wird Ehrenbürger der Stadt Calw.

1950 erhält er den Wilhelm-Raabe-Preis der Stadt Braunschweig. 1951 erscheinen die Bände *Briefe* und *Späte Prosa.*

1952 gibt der Suhrkamp Verlag Hesses *Gesammelte Dichtungen* in sechs Dünndruckbänden heraus.

1954 wird H. H. in die Friedensklasse des Ordens Pour le Mérite aufgenommen. *Briefe*, der Briefwechsel zwischen Hermann Hesse und Romain Rolland, erscheint.

1956 stiftet die Förderungsgemeinschaft der deutschen Kunst Baden-Württemberg e. V. einen Hermann-Hesse-Preis.

1957 gibt der Suhrkamp Verlag Hesses *Gesammelte Schriften* in sieben Dünndruckbänden heraus.

1961 erscheint der Gedichtband *Stufen*.

1962 wird Hesse Ehrenbürger von Montagnola. Am 9. August stirbt er in Montagnola an Gehirnschlag. Am 11. August wird er auf dem Friedhof S. Abbondio beigesetzt.

Aktuelle Veröffentlichungen / Sammlungen:

2004 *Die schönsten Erzählungen*

2006 *Freude am Garten: Betrachtungen, Gedichte und Fotografien*

2006 *Das Leben bestehen. Krisis und Wandlung: Krisis und Verwandlung*

2006 *Best of Hermann Hesse 2 CDs: Der Steppenwolf / Das Glasperlenspiel / Briefe & Gedichte (Audio CD)*

2008 *Mein Hermann Hesse: Ein Lesebuch*

2008 *Mit der Reife wird man immer jünger: Betrachtungen und Gedichte über das Alter*

2007 *Hesse Projekt. „Die Welt unser Traum" (Audio CD)*

2008 *Die Romane und die Großen Erzählungen, Jubiläumsausgabe, 8 Bände*

2008 *Das Lied des Lebens: Die schönsten Gedichte*

2008 *Wer lieben kann, ist glücklich: Über die Liebe*

2008 *Die Antwort bist du selbst: Briefe an junge Menschen*

2009 *Hermann Hesse Insel-Kalender für das Jahr 2009*

2009 *Hesse Projekt: Verliebt in die verrückte Welt (Audio CD)*

2009 *Hesse Projekt Vol.2: Verliebt in die verrückte Welt (Audio CD)*

2009 *Eigensinn macht Spaß: Individuation und Anpassung*

2009 *Jedem Anfang wohnt ein Zauber inne: Lebensstufen*

Auszeichnungen und Ehrungen:

1905 Bauernfeld-Preis

1928 Mejstrik-Preis der Wiener Schiller-Stiftung

1936 Gottfried-Keller-Preis

1946 Goethepreis der Stadt Frankfurt

1946 Nobelpreis für Literatur für sein Gesamtwerk

1947 Ehrendoktor der Universität Bern

1947 Ernennung zum Ehrenbürger seiner Heimatstadt Calw

1950 Wilhelm-Raabe-Preis

1954 Pour le mérite für Wissenschaft und Künste

1955 Friedenspreis des Deutschen Buchhandels für seine Werke und Rezensionen während der NS-Zeit

1962 Ehrenbürgerrecht der Gemeinde Collina d'Oro, in der Hesses langjähriger Wohnort Montagnola liegt, am 1. Juli 1962, wenige Wochen vor seinem Tod

1.2 Bedeutung des Autors Hermann Hesse

„Mit Hermann Hesse verliert die Literatur und Dichtung des deutschen Sprachbereichs eine ihrer lautesten Stimmen", schrieb Theodor Heuss nach dem Tode des Dichters an Ninon Hesse.

Ein Jahr nach dem Ende des zweiten Weltkrieges verlieh man Hermann Hesse am 10. Dezember 1946 den Literaturnobelpreis.

Literaturnobelpreis als politisches Zeichen

Bescheiden und jeden Rummel um seine Person ablehnend, blieb der Autor der Veranstaltung fern, ließ lediglich eine kurze Ansprache verlesen und entschuldigte sich mit seiner angeschlagenen Gesundheit und der Schmach, die sein Werk während des Nazi-Regimes hatte erdulden müssen. Da Hesse sich dem Gedanken des Friedens und der Versöhnung der Nobel-Stiftung jedoch verbunden fühlte, würdigte er den Preis als „eine Anerkennung der deutschen Sprache und des deutschen Beitrags an die Kultur".

Im persönlichen Umfeld kam dann doch wieder Hesses eher introvertierte Seite zum Vorschein. Aus Angst vor einer Flut an Briefen und Anfragen, schrieb er an seine Frau: „Der Teufel hole den verfluchten Kram." Zu verdanken hatte Hesse den Nobelpreis nicht zuletzt seinem Freund Thomas Mann. Der Preisträger des Jahres 1929 hatte sich jahrelang für Hesse eingesetzt und die Akademie schließlich davon überzeugt, den von den Nationalsozialisten als Vaterlandsverräter abgelehnten Autor als wichtigen Vertreter des deutschen Geistes und deutscher Kultur zu ehren. Die Bedeutung Hermann Hesses war jedoch in den folgenden Jahrzehnten nicht immer unbestritten: Nicht zuletzt ein anony-mer Artikel in der Zeitschrift Spiegel trat eine Welle der Hesse-

„Hesse-Verachtung" in den 70er Jahren

Verachtung los. So behauptete Curt Hohoff im Jahr 1972: „Wir waren uns doch einig, dass Hesse eigentlich ein Irrtum war, dass er zwar viel gelesen und hoch verehrt wurde, aber eigentlich war der Nobelpreis, wenn man nicht an die Politik, sondern an die Literatur dachte, eher peinlich für uns. Ein Unterhaltungsschriftsteller, ein Ethiker, ein Moralist: gut! Aber aus der „höheren" Literatur hatte er sich herauskatapultiert, weil er zu simpel war." Auch Marcel Reich-Ranicki äußerte sich 1973 in der „Zeit" mit Hohn über die in Hesses „Werk gebotene Mischung aus deutsch-romantischer Tradition und moderner Psychologie, aus lieblicher Idyllik und wütender Zivilisationsverachtung, aus verzückter Naturanbetung und emotionaler Meuterei gegen die bestehende Gesellschaftsordnung".

Den Kritikern gegenüber stand jedoch das weltweite Leserinteresse: weltweit sogar mehr als 120 Millionen verkaufte Bücher, darunter vor allem in Japan und den USA, einen solchen Boom kann nahezu allein Hermann Hesse verbuchen. Auch die Tatsache, dass Hesses Werke in unzählige Sprachen übersetzt wurde, zeugt von seiner literarischen Bedeutung.

Zeitlose Aktualität Grund für seinen Erfolg ist nicht zuletzt die zeitlose Aktualität seiner Themen, die Suche nach dem Sinn des Lebens, das Streben nach Identität, das von Humanität und Toleranz geprägte Menschenbild, das Ablehnen von Gewalt und Krieg, aber auch seine spirituelle Beschäftigung mit der Schöpfung, der Natur und dem Menschen.

2. Die Romane

Siddhartha – Der Steppenwolf

2.1 *Siddhartha*

2.1.1 Entstehung des Romans

Penang, Singapur, Sumatra, Borneo und Burma – das sind die

Reise durch Indonesien

Länder, die zu bereisen Hermann Hesse am 6. September 1911 zusammen mit seinem Freund Hans Sturzenegger in Genua die „Prinz Eitel Friedrich" bestieg. Darüber hinaus besuchte Hesse buddhistische Heiligtum Kandy in Ceylon. Mit der Atmosphäre Indiens war Hesse seit frühester Kindheit vertraut. Der Vater seiner Mutter lebte jahrzehntelang in Indien, seine Mutter war in Indien geboren, und auch sein Vater hatte einige Zeit als Missionar in Indien gewirkt. Bereits kurz nach der Jahrhundertwende trieb Hesse erste indische Studien. „Ich lernte durch Freunde gewisse Schriften kennen, die man damals theosophisch nannte ... Die Schriften ... waren alle etwas unerfreulicher Art ... Dennoch fesselten sie mich eine ganze Weile und bald hatte ich das Geheimnis dieser Anziehung entdeckt. Alle diese Geheimlehren nämlich, welche den Verfassern dieser sektiererhaften Bücher angeblich von unsichtbaren geistigen Führern sollten zugeflüstert worden sein, wiesen auf eine gemeinsame Herkunft, auf die indische. Von da aus suchte ich weiter, und bald tat ich den ersten Fund, ich las mit Herzklopfen eine Übersetzung der Bhagavad-Gita. ... Ich entdeckte den asiatischen Einheitsgedanken in seiner indischen Gestalt ... Zusammen mit der Gedankenwelt Schopenhauers, die mir in jenen Jahren wichtig geworden war, haben diese altindischen Weisheiten und Denkarten einige Jahre lang mein Denken und Leben stark beeinflusst", bekannte Hesse in seiner Betrachtung über *Eine Bibliothek der Weltliteratur*[1]. Jahre später erst entdeckte er die chinesische Literatur für sich.

1911 reiste er selber in dieses Land „seiner Väter" und seiner Sehnsucht. Gerade war sein dritter Sohn geboren worden und er litt er am Zwang bürgerlicher Sesshaftigkeit und an Ehe und Familie, wie er es kurz nach der Reise in seinem Roman *Rosshalde* geschildert hatte. Er verspürte den Wunsch als Junggeselle zu leben. Er reiste müde und kehrte enttäuscht zurück. Die Realität in Indien wirkte auf Hesse keinesfalls wie die Erzählungen seiner Eltern ihn hatten glauben machen. Sie stieß ihn geradezu ab. Indien hat ihm keine Befreiung gebracht.

Dennoch gab die Reise ihm etwas, das für die Geschichte vom Brahmanensohn von Bedeutung wurde: das Atmosphärische. Wie stark ihn das erfasst hatte, belegten schon seine 1913 zum ersten Mal erschienenen Aufzeichnungen über seine indische Reise. In *Siddhartha* gelang es ihm, Geist und Atmosphäre dieser östlichen Welt zu einem Kunstwerk zu formen; und nicht zuletzt dies dürfte Ursache dafür sein, dass *Siddhartha* eine außerordentlich große Verbreitung im asiatischen Raum gefunden hat.

Im Dezember 1919 begann Hesse mit den Vorstudien zu *Siddhartha* und fertigte bereits erste Notizen an. Es entstanden der „Erste Teil" und einiges vom „Zweiten Teil". Das Kapitel „Am Flusse" stellte ihn jedoch nicht zufrieden; im August 1920 legte er die unvollendete Dichtung beiseite, „weil ein Stück Entwicklung darin gezeigt werden müsste, das ich selbst noch nicht zu Ende erlebt habe", heißt es in einem Brief an Georg Reinhart vom 14.8.1920.

„Seit manchen Monaten schon liegt meine indische Dichtung, mein Falke, meine Sonnenblume, der Held Siddhartha da, bei einem missglückten Kapitel abgebrochen – ich kann mich des Tages noch so wohl erinnern, wo ich sah, dass es nicht weiter ging, dass ich warten, dass etwas Neues hinzukommen müsse! Er begann so schön, er gedieh so gradlinig, und plötzlich war es aus! Die Kritiker und Biographen sprechen in diesen Fällen vom Nachlassen der Kräfte, vom Erlahmen der Hand, vom abgelenkt werden durch äußeres Leben – man lese irgendeine Goethe-Biographie mit ihren trottelhaften Anmerkungen nach!

Nun, in meinem Falle ist die Sache einfach und kann erklärt werden. In meiner indischen Dichtung war es glänzend gegangen, solange ich dichtete, was ich erlebt hatte: die Stimmung des jungen Brahmanen, der die Weisheit sucht, der sich plagt und kasteit, der die Ehrfurcht gelernt hat und sie nun als Hindernis zum Höchsten kennen lernen muss. Als ich mit Siddhartha dem Dulder und Asketen zu Ende war, mit dem ringenden Sieger, den Jasager, den Bezwinger dichten wollte, da ging es nicht mehr. – Ich werde ihn dennoch weiter dichten, einmal, am Tag der Tage, es sei früh oder spät, und er wird doch ein Sieger werden" (*Aus einem Tagebuch des Jahres 1920*).

Inzwischen erschienen Vorabdrucke der Kapitel „Bei den Asketen" und „Gotama". *Siddhartha* (Erster Teil) erschien im Juli 1921 in der „Neuen Rundschau" mit einem Brief Hesses an Romain Rollland. Ein weiterer Vorabdruck mit den Kapiteln „Kamala", „Bei den Kindermenschen" und „Sansara" folgte 1921 in der Zeitschrift „Genius".

Nach mehr als anderthalb Jahren, im März 1922 nahm Hesse die Arbeit am *Siddhartha*-Manuskript wieder auf. Ende Mai sandte er die Reinschrift seinem Verleger S. Fischer, in dessen Verlag dann im Oktober 1922 die Buchausgabe erschien.

Wiederaufnahme der Manuskriptarbeit 1922

Der „Erste Teil" ist „Romain Rolland dem verehrten Freunde gewidmet", der „Zweite Teil" ist „Wilhelm Gundert meinem Vetter in Japan gewidmet". Das *Siddhartha*-Manuskript schenkte Hesse seinem Freund und Mäzen Hans C.

Bodmer. Das Manuskript liegt heute im Deutschen Literaturarchiv Marbach a. N.

2.1.2 Aufnahme des Romans

Zu Anfang des 20. Jahrhunderts lagen in Deutschland bereits erste bzw. neue Übersetzungen wichtiger Schriften des Hinduismus, Buddhismus und Taoismus vor. Das Interesse am östlichen Denken wuchs und so bereisten immer mehr Autoren unterschiedlicher Herkunft und Prägung Indien. Neben Hesse waren es Hermann Bonsels, Hermann Graf Keyserling, René Schickele und Stefan Zweig. Keyserling und Romain Rollland brachten die Gedanken Gandhis und Ramakrischnas in den Westen und versuchten eine Erneuerung Europas aus dem Geist des Ostens. Hesse formulierte seine Gedanken in der Schrift *Zarathustras Wiederkehr. Ein Wort an die deutsche Jugend* (1919) und empfahl den Weg nach innen, die Bereitschaft zum Ertragen von Leid und die Suche nach der zeitlosen Welt der Werte und des Geistes.

Zwei Bücher aus dem Jahr 1922 führen in Legendenform in das Indien der Zeit Buddhas: Hesses *Siddhartha* und Zweigs „Die Augen des ewigen Bruders". Auch Alfred Döblin („Die drei Sprünge des Wang-lun", „Manas"), Oskar Loerke, Ernst Weiß und Franz Werfel versuchten in ihren Dichtungen den wahren Osten darzustellen. Den größten Erfolg jedoch hatte Hesse mit *Siddhartha*. Dieser Brahmanensohn lernt viele Lehren kennen, bleibt aber keiner verhaftet, sondern folgt seiner inneren Stimme, seinem Eigensinn und wird damit zum Archetypus des suchenden Menschen. Das verschaffte dem Buch seine große Wirkung in der Leserschaft. „Hermann Hesses Dichtung hat tiefstes fremdes Gedankengut deutschem Sprachgeist zur Empfänglichkeit empfohlen", schrieb Eduard Korrodi in der „Neuen Zürcher Zeitung" gleich nach Erscheinen des Buches. „Siddhartha ist ... ein Wunschbild unserer Zeit", formulierte Hans Rudolf Schmid 1927 in seiner Zürcher Dissertation (in Buchform: Verlag von Huber & Co., Frauenfeld und Leipzig 1928).

Hugo Ball schrieb bereits am 10. August 1922 an Hesse: „Wunder begeben sich, lieber Herr Hesse. Das empfindet man aus dem Buch, und das ist alles, was ich sagen kann. Ich weiß nicht, was mir besser gefällt, der Anfang oder der Schluss. Es ist so ein rundes, ausgetragenes Buch. Man glaubt mehr an den namenslosen, als an den berühmten Buddha. Das ist sehr sehr schön und geht in die Zukunft."[1] Und Friedrich Raff schrieb 1923: „Dieses Werk ist von einer gleichmäßigen Schönheit, einer Lückenlosigkeit und einer (im Gegensatz zu den früher farblosen, sich wenig abhebenden Gestalten) starken, eindringlichen Charakterisierungsfülle."[2]

Siddhartha gewann dem Dichter neue Leser, als eine dem Establishment entfliehende Jugend Hesse zu ihrem Guru wählte. Grund für Siddhartas ungeheuren Erfolg ist dabei nicht nur die Hessemode, die in Amerika mit dem *Steppenwolf* eingesetzt hatte: „Immer in Zeiten der Ernüchterung und Leere, die Zeiten rauschhafter Hochspannung, künstlicher Betäubung und dem endlichen Götzensturz nachfolgen, besinnt sich die geschlagene Menschheit wieder auf ihre guten Geister und sucht bei ihnen Rat, Hilfe und Trost im Elend. Einer dieser guten Geister deutscher Sprache ist Hermann Hesse ... (Seine Erzählung *Siddhartha*) ist ein Buch der ernsten Besinnung, der Wandlung und Verwandlung ... Sie lebt in sich selber, und die Kräfte, die sie ausstrahlt, sind von reinigendem, heilenden Einfluss", schrieb Otto Basler bereits kurz nach dem zweiten Weltkrieg, und Henry Miller bemühte sich bereits 1948 darum, dass *Siddhartha* ins Eng-

---

1) Michels (Hrsg.): Materialien Bd 1, S. 160.
2) Michels (Hrsg.): Materialien Bd 2, S. 41.

lische übersetzt werde. Er war es schließlich auch, der Hesses *Siddhartha* in Amerika bekannt machte. Auf sein Drängen hin wurde das Buch übersetzt und im Verlag New Directions in New York herausgebracht. „*Siddhartha* las ich zuerst auf deutsch – nachdem ich mindestens dreißig Jahre lang kein Deutsch gelesen hatte ... Wäre *Siddhartha* mir nur türkisch, finnisch oder ungarisch erhältlich gewesen, ich hätte ihn ebenso gelesen und verstanden, obgleich ich von diesen Sprachen nicht die leiseste Ahnung habe", schrieb er in seinem bereits 1952 erschienenen Erinnerungsband „The Books of My Life". „Einen Buddha zu schaffen, der den allgemein anerkannten Buddha übertrifft, das ist eine unerhörte Tat, gerade für einen Deutschen. *Siddhartha* ist für mich eine wirksamere Medizin als das Neue Testament", heißt es in einem Brief an Volker Michels aus dem Jahr 1973.

Der regelrechte Hype um das Buch führte dazu, dass der amerikanische Regisseur Conrad Rooks Siddhartha im Jahr 1972 mit dem indischen Schauspieler Shashi Kapoor in der Hauptrolle verfilmte. Geradezu sensationell war der Erfolg des *Siddhartha* unter den Anhängern der amerikanischen Hippiebewegung. Diese jungen Menschen, die auch jenseits des Drogenkonsums nach neuen Erlebnismöglichkeiten suchten, glaubten in Siddhartha das Vorbild für eine Bewusstseinserweiterung durch subjektive Wandlung gefunden zu haben.

Beabsichtigt hatte Hesse dies jedoch nicht, sondern in einem im April 1953 an Vasant Ghaneker in Haiderabad geschriebenen Brief ausdrücklich betont: „Mir scheint, sie haben mit ihren Einwänden gegen die Entwicklung Siddharthas ganz recht, wenn sie nämlich in meiner Erzählung etwas Paradigmatisches und Erzieherisches sehen, eine Art von Anweisung zur Weisheit und zum richtigen Leben. Aber das ist meine Erzählung nicht. Wenn ich einen Siddhartha hätte schildern wollen, der Nirwana oder die Vollkommenheit erreicht, dann hätte ich mich in etwas hinein phantasieren müssen, was ich nur aus Büchern und Ahnungen, nicht aber aus eigenem Erleben kannte. Das konnte und wollte ich aber nicht, sondern ich wollte in meiner indischen Legende nur solche innere Entwicklungen und Zustände darstellen, die ich wirklich kannte und wirklich selbst erlebt hatte. Ich bin nicht ein Lehrer und Führer, sondern ein Bekennender, ein Strebender und Suchender, der den Menschen nichts anderes zu geben hat als das möglichst wahrhaftige Bekenntnis dessen, was ihm in seinem Leben geschehen und wichtig geworden ist."

Volker Michels fand während seiner Recherchen für das Calwer *Unveröffentlichtes Kapitel* Hesse-Museum im Jahr 1989 auf der Rückseite der ersten handschriftlichen Fassung des *Siddhartha*-Manuskripts einen ebenfalls handschriftlichen, aber von Hermann Hesse wieder gestrichenen Text, bei dem es sich offenbar um ein weiteres, vermutlich im Sommer 1921 geschriebenes und später verworfenes Kapitel handelt. „Es sollte wohl im zweiten Teil des Buches auf die beiden bei der Hetäre Kamala und dem Kaufmann Kamaswami spielenden Abschnitte folgen und einen Handlungsverlauf vorbereiten, an dessen Ende Siddhartha anstelle des jungen Königs Dewadatta zum Regenten des Landes geworden wäre. Zeigte sich doch der Thronfolger Dewadatta nur allzu bereit, der Verführung einer ihm imponierenden Lehre zu folgen, statt eigenständig das Risiko des nur ihm selbst vorbestimmten Weges zu wagen. Wohl auch, weil dies zu einer Wiederholung der bereits dargestellten Hörigkeits-Problematik von Siddharthas Freund Govinda geführt hätte, mag Hesse schließlich auf einen solchen Handlungsstrang verzichtet haben."[3]

---

3) Volker Michels in: Hermann Hesse und die Religion. Die Einheit hinter den Gegensätzen. 6. Internat. Hermann-Hesse-Kolloquium in Calw 1990. Berichte und Referate, hrsg. Von Friedrich Bran und Martin Pfeifer. Bad Liebenzell 1990. S. 9. Abdruck des Erzählfragments ebda. S. 10-16.

Im 21. Jahrhundert ist die Wirkung Siddharthas ungebremst: „In dieser Legende stellt Hermann Hesse einen Menschen dar, der sich aus familiären und gesellschaftlichen Konventionen befreit, aber auch jedes Dogma ablehnt und seinen eigenen Weg findet. Der führt vom gelehrten Vater weg und am Ende in die Natur – zum Fluss als dem Sinnbild für Dauer und Wandel. Das Buch ist ein Plädoyer gegen Unfreiheit und Anpassung [...] Trotz des erbaulichen Inhalts ist diese Geschichte einer Selbstfindung unglaublich spannend zu lesen. Vielleicht liegt das auch an der zwar altmodisch klingenden, dabei jedoch klaren, uneitlen, gewissermaßen asketischen Sprache und Gedankenführung Hermann Hesses."[4]

Eine Leserumfrage des ZDF im Jahr 2004 zeigt noch einmal die ungebremste Popularität des Siddhartha: Hesses Werk landete hier auf Platz 24 der beliebtesten Bücher der Deutschen.

2.2 Ein Gang durch den Roman

Erster Teil

Der Sohn des Brahmanen

Siddhartha, der Sohn eines Brahmanen, ist der ganze Stolz seines Vaters, der in ihm einen großen Weisen und Priester heranwachsen sieht. Sein Freund Govinda steht voll und ganz hinter Siddharta. Er weiß, dass Siddhartha kein gemeiner Brahmane werden wird, „kein fauler Opferbeamter, kein habgieriger Händler mit Zaubersprüchen, kein eitler, leerer Redner, kein böser, hinterlistiger Priester, und auch kein gutes dummes Schaf in der Herde der vielen". Er ist fest entschlossen, Siddhartha zu folgen.

---

4) http://www.dieterwunderlich.de/Hesse_Siddhartha.htm, Stand 26.05.2009

Siddhartha selbst ist unbefriedigt: er fühlt, dass sein Vater, seine anderen Lehrer und auch die Brahmanen ihm von ihrer Weisheit das meiste und beste schon mitgeteilt haben. Doch das alles hat seine Seele nicht beruhigt, sein Herz nicht gefüllt. Atman, den Einzigen, den Urquell der Seele zu finden, dazu können ihm weder die Brahmanen noch deren heilige Bücher helfen.

Siddhartha verlässt sein Zuhause und begibt sich auf die Suche

Eines Tages ziehen drei Samanas durch die Stadt, wandernde Asketen, und Siddhartha beschließt, ein Samana zu werden. Schließlich muss auch Siddharthas Vater einsehen, dass er seinen Sohn nicht halten kann; so nimmt Siddharta schließlich Abschied von seiner Mutter und verlässt zusammen mit Govinda die Stadt.

Bei den Samanas

Bei den Samanas lernt Siddhartha fasten und die Kunst der Versenkung, der Entselbstung.

Auch die Samanas bringen nicht die erhoffte Antwort

Er hofft durch Askese zu seinem Ich zu finden, muss jedoch erkennen, dass die Mittel der Bettelmönche nur eine Flucht vor dem Ich darstellen - ein kurzes Entrinnen aus der Qual des Ichseins, eine kurze Betäubung gegen den Schmerz und die Unsinnigkeit des Lebens. Siddhartha ist enttäuscht. „Dieselbe Flucht", erklärt er seinem Freund Govinda, „dieselbe kurze Betäubung findet der Ochsentreiber in der Herberge, wenn er einige Schalen Reiswein trinkt oder gegorene Kokosmilch. Dann fühlt er sein Selbst nicht mehr, dann fühlt er die Schmerzen des Lebens nicht mehr, dann findet er kurze Betäubung. Er findet, über seiner Schale mit Reiswein eingeschlummert, dasselbe, was Siddhartha und Govinda finden, wenn sie in langen Übungen aus ihrem Körper entweichen, im Nicht-Ich verweilen."

Drei Jahre sind die Freunde bei den Samanas, da erreicht sie die Information, dass Gotama, der Erhabene, der Buddha, erschienen sei und das Leid der Welt überwunden habe. Govinda schlägt vor, Buddha aufzusuchen und seine Lehre zu hören. Siddhartha steht dieser neuen Lehre skeptisch gegenüber, doch er willigt ein und schließlich brechen die beiden jungen Männer gegen den Willen der Samanas auf.

Gotama

Nahe bei der Stadt Savathi, im Hain Jetavana, treffen Siddhartha und Govinda auf Gotama, den Buddha. Lange folgen sie ihm auf seinem morgendlichen Bettelgang und lauschen am Abend seiner Lehre. Obwohl Siddhartha nichts an Gotamas Lehre auszusetzen hat, ist es Govinda, der den Buddha um die Aufnahme in seine Jüngerschaft bittet.

Hier trennen sich die Wege der Brahmanensöhne. In einem Gespräch mit Buddha macht Siddhartha deutlich, warum er nicht Zuflucht zu dessen Lehre nehmen kann: „ Ich habe nicht einen Augenblick gezweifelt, dass Du Buddha bist, dass du das Ziel erreicht hast, das höchste, nach welchem so viel tausend Brahmanen und Brahmanensöhne unterwegs sind. Du hast die Erlösung vom Tode gefunden. Sie ist dir geworden aus deinem eigenen Suchen, auf deinem Wege, durch Gedanken, durch Versenkung, durch Erkenntnis, durch Erleuchtung. Nicht ist sie dir geworden durch Lehre! Und – so ist mein Gedanke, o Erhabener – keinem wird Erlösung zuteil durch Lehre!"

Siddhartha hat einen Entschluss gefasst. Keine Lehre und kein Lehrer der Welt werden ihm seinem Ziel näher bringen. Die Reise zu seinem Ich muss er alleine unternehmen.

Erwachen

Siddhartha gelangt zu der Erkenntnis, dass er auf der ange-
strengten Suche nach sich selbst

Siddhartha will sein eigener Lehrmeister sein

das Leben vergessen hat und dass er aus der jugendlichen Suche nach dem perfekten Lehrmeister herausge-
wachsen ist. Von nun an, will er sein eigener Lehrer sein:
„Bei mir selber will ich lernen, will ich Schüler sein, will
ich mich kennen lernen, das Geheimnis Siddhartha."
Dieses Erwachen bedeutet für ihn jedoch auch, dass er
nicht mehr nach Hause zu seiner Familie zurückkehren
wird. Wie ein Neugeborener will er die fremde Welt mit
allen Sinnen und Eindrücken kennenlernen.

Zweiter Teil

Kamala

Stufenweise nähert sich Siddhartha nun dem wirklichen Leben

Traum von Govinda

an. Zum ersten Mal, seit er den Wald verlassen hat, hat er
mit der Strohhütte eines Fährmannes kurzzeitig ein Dach
über den Kopf. In dieser Nacht hat Siddhartha einen
Traum: „Govinda stand vor ihm, in einem gelben Aske-
tengewand. Traurig sah Govinda aus, traurig fragte er:
‚Warum hast du mich verlassen?' Da umarmte er Govinda, schlang seine Arme um ihn und indem er ihn an seine Brust zog und küsste, war es nicht Govinda mehr, sondern ein Weib und aus des Weibes Gewand quoll eine
volle Brust, an der lag Siddhartha und trank, süß und
stark schmeckte er die Milch dieser Brust. Sie schmeckte
nach Weib und Mann, nach Sonne und Wald, nach Tier
und Blume, nach jeder Frucht, nach jeder Lust. Sie machte trunken und bewusstlos."

Der Fährmann macht Siddhartha
auf den Fluss aufmerksam und
verspricht ihm, so wie das Was-

Begegnung mit Kamala und Kamaswami

ser ewig fließe und immer wieder komme, so würde auch

Siddhartha eines Tages zu ihm zurückkehren. Am nächsten Tag entzieht er sich den Annäherungsversuchen einer Frau, bevor er – erfreut wieder unter Menschen zu sein – am Abend eine Stadt erreicht. Die schöne Kurtisane Kamala bittet er, ihm die Liebe beizubringen, sie jedoch will Geld, das Siddhartha nicht hat. Sie vermittelt ihn an Kamaswami, den reichsten Kaufmann der Stadt, bei dem er als Gehilfe anheuern kann.

Bei den Kindermenschen

Trotz geschäftlichem Erfolg spielt für Siddhartha das wahre Leben bei Kamala

Nun wohnt Siddhartha im Haus des Händlers und seine bei den Samanas erworbenen Fähigkeiten – zu denken, zu warten und zu fasten – kommen ihm auch bei seiner neuen Aufgabe zugute. Er betrachtet sich als Kamaswamis ebenbürtigen Partner, hat in den Geschäften eine glückliche Hand und wird so bald zu Kamaswamis geschätztem Mitarbeiter. Ernst nimmt Siddharta das Geschäftliche zwar nicht, reich wird er dennoch. Zwar ist er offen den Menschen und ihren kindlichen Einstellungen gegenüber, die er im „Geschäftsleben" trifft, er studiert sie und schaut ihnen aus der Ferne zu. Das wahre Leben und einen Sinn sieht Siddhartha jedoch nur im Zusammensein mit Kamala. Sie besucht er täglich; er wird ihr Schüler, ihr Liebhaber, ihr Freund. Von Kamala fühlt er sich verstanden und erkennt große Gemeinsamkeiten zwischen ihr und sich.

Sansara

Siddhartha übernimmt die Laster der Kindermenschen

Dem Geschäft bleibt Siddhartha lange Jahre treu. Mittlerweile kann er ein Haus, Dienerschaft und einen Garten vor der Stadt sein Eigen nennen. Doch mit dem Geldsegen ziehen auch Verlustängste in seiner Seele ein – die Krankheit der Reichen. Geiz und Habgier, die er bei den Kindermenschen am meisten verabscheut hat, werden auch zu Siddharthas Laster. Er träumt von Geld und Reichtum und verfällt dem Glücksspiel.

Ein Traum bringt ihn zur Besinnung. Im diesem wirft er Kamalas seltenen Singvogel, den er tot in seinem goldenen Käfig findet, auf die Gasse, und im gleichen Augenblick ist ihm, „als habe er mit diesem toten Vogel allen Wert und alles Gute von sich geworfen".

Das Leben erscheint Siddhartha nach dem Traum wertlos und sinnlos. Den ganzen Tag ver-

Erkenntnis durch Traum und Aufbruch aus der Stadt

bringt er unter einem Mangobaum in seinem Lustgarten. Er muss erkennen, dass er sich jahrelang bemüht hat, ein Mensch wie Kamaswami, wie die Kindermenschen zu werden. Siddhartha beschließt dieses „Spiel" (Sansara) zu beenden und verlässt bei Nacht die Stadt.

Während Kamaswami sich über Siddharthas Verschwinden wun-

Kamala ist schwanger

dert und nach ihm suchen lässt, hat Kamala in Siddhartha immer den Samana, den Bettelmönch gesehen. Als sie erfährt, dass Siddhartha die Stadt verlassen hat, lässt sie ihren Singvogel frei und wendet ihrem Leben als Kurtisane den Rücken zu. Doch noch etwas hat sich verändert: Sie ist von Siddhartha schwanger.

Am Flusse

Selbstmordgedanken treiben Siddhartha durch den Wald hindurch bis zum großen Fluss. Lan-

Siddhartha begeht beinahe Selbstmord

ge lehnt er am Ufer des Flusses am Stamm eines Kokosbaums. Als sich Siddhartha in den Fluss stürzen will, klingt aus seiner Seele das heilige „Om", das Anfangs- und Schlusswort aller brahmanischen Gebete, das soviel wie „Vollendung" bedeutet. Siddhartha erkennt mit einem Mal die große Dummheit, die er um ein Haar begangen hätte. Als er aus einem langen Schlaf erwacht, sitzt ein Mönch ihm gegenüber. Es ist Govinda, der mit einigen Nachfolgern Buddhas diesen Weg gepilgert war und Siddhartha schlafend vorgefunden hatte. Im Gespräch muss Govinda erkennen, dass der reiche Siddhartha ihm fremd geworden ist, und so pilgert er schließlich weiter.

Siddhartha wird klar, dass er seinem ursprünglichen Ziel kein Stück näher gekommen ist: „Nun auch ahnte Siddhartha, warum er als Brahmane, als Büßer vergeblich mit diesem Ich gekämpft hatte. Zu viel Wissen hatte ihn gehindert, zu viel heilige Verse, zu viel Opferregeln, zu viel Kasteiung, zu viel Tun und Streben! Voll Hochmut war er gewesen, immer der Klügste, immer der Eifrigste, immer allen um einen Schritt voran, immer der Wissende und Geistige, immer der Priester oder Weise. In dies hinein hatte sein Ich sich verkrochen, dort saß es fest und wuchs, während er es mit Fasten und Buße zu töten meinte. Nun sah er es, und sah, dass die heimliche Stimme Recht gehabt hatte, dass kein Lehrer ihn je hätte erlösen können. Darum hatte er in die Welt gehen müssen, sich an Lust und Macht, an Weib und Geld verlieren müssen, hatte ein Händler, ein Würfelspieler, Trinker und Habgieriger werden müssen, bis der Priester und Samana in ihm tot war. Darum hatte er weiter diese hässlichen Jahre ertragen müssen, den Ekel ertragen, die Leere, die Sinnlosigkeit eines öden und verlorenen Lebens, bis zum Ende, bis zur bitteren Verzweiflung, bis auch der Lüstling Siddhartha, der Habgierige Siddhartha sterben konnte. Er war gestorben, ein neuer Siddhartha war aus dem Schaf erwacht." Siddhartha beschließt, am Fluss zu bleiben.

Der Fährmann

Siddhartha beschließt, von Fluss und Fährmann zu lernen, und so sucht er den Fährmann Vasudeva auf, er ihm einst sagte, dass Siddhartha zum Fluss zurückkehren würde. Dieser

28

sieht in Siddhartha den Erwählten, den, der unter Tausenden als einer der wenigen die Stimme des Stroms, die Einladung zum Bleiben gehört hat. Das Wasser wird für Siddhartha zur Stimme des Lebens. Viele, die den Fluss passieren, halten die beiden Fährmänner für Brüder.

Viele Jahre vergehen. Auf die Nachricht von Buddhas nahendem Tod kommen Scharen von Mönchen, Reisenden und Wanderern an den Fluss, um sich übersetzen zu lassen. Auch Kamala und ihr Sohn, die sich der Lehre Buddhas angeschlossen haben, sind unter den Pilgern. Vasudeva bringt Kamala, die von einer giftigen Schlange gebissen wurde, zur Hütte, wo es zu einem Wiedersehen zwischen Kamala und Siddhartha kommt. Für Kamala kommt jedoch jede Hilfe zu spät.

Wiedersehen mit Kamala

Der Sohn

Mit Freundlichkeit, Liebe, Sanftmut und Geduld versucht Siddhartha seinen elfjährigen Sohn für sich zu gewinnen, dieser jedoch lehnt Siddhartha ab und demütigt den ihm fremden Vater immer wieder. Vasudeva rät Siddhartha, den Jungen in die Stadt zu bringen, in eine ihm vertraute Umgebung. Siddhartha kann den Rat seines Freundes jedoch nicht befolgen. Er ist „vollends ein Kindermensch geworden, eines Menschen wegen leidend, einen Menschen liebend, an eine Liebe verloren, einer Liebe verloren, einer Liebe wegen ein Tor geworden". Siddhartha weiß, dass er seinen Sohn loslassen müsste, er kann es aber nicht.

Siddhartha kommt nicht an seinen Sohn heran

Eines Morgens ist der junge Siddhartha verschwunden. Obwohl Vasudeva seinen Freund davon abzuhalten versucht, versucht Siddhartha seinen Sohn zu finden. Vor dem einstigen Lustgarten Kamalas erkennt

Siddhartha muss den Jungen loslassen

Siddhartha die Vergeblichkeit seines Suchens. Vasudeva, der ihm nachgegangen ist, findet ihn dort und kehrt schließlich mit Siddhartha in die Hütte am Fluß zurück.

Om

Schmerz und Erkenntnis Der Schmerz über den Verlust des Sohnes lässt Siddhartha lange nicht los und so bricht er schließlich erneut auf, um den Jungen in der Stadt zu suchen. Am Flusse bleibt er stehen, „er beugte sich übers Wasser, um noch besser zu hören, und im still ziehenden Wasser sah er sein Gesicht gespiegelt, und in diesem gespiegelten Gesicht war etwas, das ihn erinnerte, etwas Vergessenes, und da er sich besann, fand er es: dies Gesicht glich einem andern, das er einst gekannt und geliebt und auch gefürchtet hatte. Es glich dem Gesicht seines Vaters, des Brahmanen. Und er erinnerte sich, wie er vor Zeiten ein Jüngling seinen Vater gezwungen hatte, ihn zu den Büßern gehen zu lassen, wie er Abschied von ihm genommen hatte, wie er gegangen und nicht mehr gekommen war. Hatte nicht auch sein Vater um ihn dasselbe Leid gelitten, wie er es nun um seinen Sohn litt? War nicht sein Vater längst gestorben, allein, ohne seinen Sohn wiedergesehen zu haben? War es nicht eine Komödie, eine seltsame und dumme Sache, diese Wiederholung, dieses Laufen in einem verhängnisvollen Kreise?" Siddhartha kehrt zu Vasudeva zurück und berichtet ihm seine Erkenntnis. Dieser rät ihm, noch genauer auf den Fluss zu hören. „Und wenn Siddhartha aufmerksam diesem Fluss, diesem tausendstimmigen Liede lauschte, wenn er seine Seele nicht an irgendeine Stimme band und mit seinem Ich in sie einging, sondern alle hörte, das Ganze, die Einheit vernahm, dann bestand das große Lied der tausend Stimmen aus einem einzigen Worte, das hieß Om: die Vollendung."

Siddhartha erfährt die Erleuchtung, er hört auf mit dem Schicksal zu kämpfen, hört auf zu leiden. Vasudeva erkennt die Wandlung, die sich in Siddhartha vollzogen hat. Es ist der Augenblick, auf den der alte Vasudeva lange gewartet hat. Er geht in die Wälder, um dort zu sterben.

Om und Erleuchtung

Govinda

Während einer Rast im ehemaligen Lusthain Kamalas hört Govinda, dass es am Fluss einen alten Fährmann geben soll, den viele für einen Weisen halten. Govinda wird noch immer angetrieben von der Suche nach Erkenntnis, sein Ziel hat er noch nicht erreicht. Er beschließt den Fährmann aufzusuchen und seine Lehre anzuhören. Als Govinda und Siddhartha zusammentreffen, erklärt dieser seinem suchenden Freund, dass es nicht auf die Suche, sondern vielmehr auf die Erkenntnis ankommt: „Suchen heißt: ein Ziel haben. Finden aber heißt: frei sein, offen stehen, kein Ziel haben."

Govindas Suche führt ihn zu Siddhartha

Govinda bleibt hartnäckig und fragt seinen Freund nach einer Lehre. Siddhartha versucht ihm deutlich zu machen, dass Weisheit nicht mitteilbar sei und die Weisheit, die ein Weiser mitzuteilen versuche, immer wie Narrheit klinge. Worte und Gedanken seien immer einseitig, Halbheiten. „Wenn der erhabene Gotama lehrend von der Welt sprach, so musste er sie teilen in Sansara und Nirwana, in Täuschung und Wahrheit, in Leid und Erlösung. Man kann nicht anders, es gibt keinen andern Weg für den, der lehren will. Nie ist ein Mensch, oder eine Tat, ganz Sansara oder ganz Nirwana, nie ist ein Mensch ganz heilig oder ganz sündig."

Als Siddhartha erklärt, dass es die Sache großer Denker sein mag, „die Welt zu durchschauen, sie zu erklären, sie zu verachten", dass ihm selber aber

Govinda sieht Widersprüche zur Lehre Buddhas

einzig daran liege, die Welt lieben zu können, sie nicht zu verachten, sie und sich nicht zu hassen, sondern sie und sich selbst und alle Wesen mit Liebe und Bewunderung und Ehrfurcht betrachten zu können, meint Govinda, darin einen Widerspruch zu Gotamas Worten entdeckt zu haben. „Wie sollte denn auch Er die Liebe nicht kennen. Er, der alles Menschsein in seiner Vergänglichkeit, in seiner Nichtigkeit erkannt hat, und dennoch die Menschen so sehr liebte, dass er ein langes, mühevolles Leben einzig darauf verwendet hat, ihnen zu helfen, sie zu lehren!" ist Siddharthas Antwort.

Govinda ist damit nicht einverstanden. Siddharthas Worte erscheinen ihm närrisch und die Lehre Buddhas sehr viel verständlicher. Dennoch spürt Govinda die Ruhe und Heiterkeit, die von Siddharta ausgehen. Als Govinda sich verabschiedet, bittet ihn Siddhartha um einen Kuss auf die Stirn. Während Govinda noch an Buddhas Ermahnungen und an Siddharthas Worte denkt, geht in ihm etwas Wunderbares vor. Er sieht einen Fluss von Gesichtern, von Hunderten, von Tausenden, sie verändern sich alle beständig und sind doch alle Siddhartha, und er sieht das „Lächeln der Einheit über den strömenden Gestalten". Siddhartha gleicht für Govinda nun ganz und gar dem Buddha.

Aufbau des Romans

Sinnsuche →		„OM"
Kapitel 1-4	Kapitel 5-8	Kapitel 9-12
Geisteswelt	**Sinneswelt**	**Weisheit**
Eltern Samanas Buddha	Kindermenschen Kamala Kamaswami	Fluss Vasudeva

2.3 Wort- und Sacherklärungen

Erster Teil

Brahmane: Mitglied der obersten Kaste der Hindus. Die Brahmanen waren seit den ältesten Zeiten Priester, Dichter, Gelehrte und Politiker.

Brahma od. **Brahman:** indische Religion: ursprünglich Zauberspruch, dann die Kraft, die alle Welten schafft und erhält; später zu einer männlichen Gottheit verkörpert.

Govinda: Hesse hat diesen Namen dem Bhagavadgita entnommen.

Siddhartha: („der sein Ziel erreicht hat"), Name des Buddha (um 560 bis etwa 480 v. Chr.)

Om: mystische Silbe in heiligen Texten der Hindus und Buddhisten (in der Bedeutung „das Vollkommene", „die Vollendung").

Atman: im Sanskrit ursprünglich der Atem, dann die Lebenskraft, die Persönlichkeit, das Selbst; in der indischen Philosophie die Seele.

Rig-Veda: das älteste Denkmal der indischen Literatur.

Prajapati: in der Mythologie des Veda der Schöpfer oder höchste Gott.

Upanishaden: altindische theologisch-philosophische Texte von ungleichem Wert und Alter und sehr verschiedenartigen Lehren.

Samaveda: nach dem Rigveda der zweite Veda („Veda der Lieder"), eine Auswahl aus dem Hymnen des Rigveda, die sich nur durch die Vortragsart der Lieber unterscheidet.

Chandogya-Upanishad: die neunte der zehn vom Philosophen Shankara als echt anerkannten Upanishads.

Satyam: die durch den Schleier der Maja verhüllte Wirklichkeit.

Banyan: (bengal.) Feigenbaum.

Samana: wandernder Bettelmönch.

Sakya: Sippenname Buddhas.

Magadha: altes indisches Reich, umfasste etwa den heutigen indischen Staat Bihar.

Savathi: zur Zeit des Gotama Buddha Hauptstadt von Kosala, der heutigen Provinz Oud in der fruchtbaren Gangesebene.

Den achtfachen Pfad: Die einzelnen Stufen des Edlen Achtfachen Pfades sind nach Heinrich Zimmer („Philosophie und Religion Indiens"): 1. Rechte Anschauung, 2. Rechte Gesinnung, 3. Rechtes Reden, 4. Rechtes Handeln, 5. Rechte Lebensführung, 6. Rechtes Streben, 7. Rechtes Aufmerken, 8. Rechte Versenkung. – Nach buddhistischer Lehre führt der Achtfache Pfad zur vollkommenen und endgültigen Aufhebung von Leiden und Sein und damit zum Nirwana.

Yoga-Veda: Es gibt keine Yoga-Veda. Der Yoga ist die in Indien entwickelte Praxis geistiger Konzentration, die den Geist durch völlige Herrschaft über den Körper befreien will.

Atharva-Veda: die „Weda des Hauspriesters", Sammlung der für häusliche Gottesdienste und sonstige Vorkommnisse nötigen Hymnen und Zauberlieder.

Zauber Maras: Mörder, Tod, böses Prinzip.

Schleier der Maja: Die Maja ist in den realistischen pantheistischen Systemen der indischen Philosophie die Kraft, durch die Gott die reale Umformung eines Teils seines Wesens zur Welt hervorbringt und den Menschen daran hindert, sich seiner Wesenseinheit mit Gott bewusst zu werden. In den idealistischen Lehren ist es die unerklärliche Illusion, die dem in Nichtwissen Befangenen die Erkenntnis seiner Identität mit dem Allwesen verhüllt. Maja wird als verschleierte Schönheit dargestellt.

Zweiter Teil

Das Baumbesteigen: im Kama-Sutra die sechste von zwölf klassischen Umarmungen.

Kamala: vermutlich Anspielung auf Kama, den indischen Liebesgott.

Vishnu: (Wischnu), einer der Hauptgötter des Hinduismus. Neunmal soll sich Vishnu auf Erden verkörpert haben, vor allem als Rama und Krischna. Eine zehnte Wiederverkörperung wird erwartet.

Lakschmi: bei den Hindus die Göttin des Glücks und der Schönheit, Gattin des Vishnu, dem sie in Darstellungen oft zu Füßen sitzt.

Kamaswami: Der Name ist – wie bei Kamala – vermutlich eine Anspielung auf Kama. Swami bedeutet Meister, Besitzer.

Sansara: die sich ewig wiederholende Erneuerung des Daseins mit allen seinen Leiden.

Vasudeva: einer der Namen Krischnas. „Vasudeva ist die personifizierte, der Fluss die unpersönliche Verkörperung des Tao" (Adrian Hsia, Hermann Hesse und China. Frankfurt a. M.: Suhrkamp 2002).

Pisang: (Pisangfeige), eine Banane.

Nirwana: im Buddhismus die Erlösung als vollständiges Aufhören des Lebenstriebes, von dem Heiligen schon in diesem Dasein durch Überwindung von Hass, Gier und Wahn erreichbar, verbürgt bei Eintritt des Todes die Unmöglichkeit, in einer individuellen Existenz wiedergeboren zu werden. Äußerster Gegensatz zu Sansara (Samsara).

Krischna: ein mythischer indischer König, achte irdische Erscheinungsform des Gottes Wischnu.

Agni: der indische Gott des Feuers, der das Opfer vom Altar zum Himmel trägt.

2.4 Zum Verständnis des Romans

2.4.1 Personen des Romans

Siddharta

Parallelen zwischen Romanfigur und historischem Buddha

Auf Sanskrit bedeutet Siddhartha so viel wie „Erfüllung eines Wunsches" oder „der sein Ziel erreicht hat". Der Name steht stellvertretend für die Suche der Hauptfigur nach seinem Selbst, nach dem tieferen Sinn im Leben und deutet ebenso voraus, dass Siddhartha dieses Ziel letztlich erreichen wird. Historisch war Siddhartha der „bürgerliche" Name Gotamas/Buddhas. Hesse lässt diese historische Person also in seinem Buch als zwei verschiedene Figuren auftreten und zeigt sowohl ihre Gemeinsamkeiten als auch ihre Unterschiede auf. Auch die Lebenswege von Hesses Siddhartha und dem echten Buddha ähneln sich. Beide verlassen früh ihr Elternhaus, begeben sich auf Sinnsuche und finden ihren Weg schließlich in sich selbst, fernab von anderen Lehren. Auch in der Zeugung des Sohnes und dem Verlassen der Ehefrau/Geliebten findet sich eine Parallele zwischen Romanfigur und historischem Buddha. Im Gegensatz zu Gotama erreicht Hesses Siddhartha jedoch nicht das Nirwana und entkommt dem Kreislauf der Wiedergeburt.

Liebe und eigene Erkenntnis als Weltanschauung

Seine Hauptfigur gelangt zu einer tieferen Erkenntnis, die ihn das Leben im Hier und Jetzt zufrieden und mit innerer Ruhe leben lässt. Siddhartha verkörpert die Erlangung von Selbsterkenntnis durch eigene Erfahrung, nicht durch die Lehren anderer. Liebe für die Welt und die Mitgeschöpfe wird zur Basis seiner Lebensanschauung.

Govinda

Auf Sanskrit ist Govinda ein anderer Name für den Gott Krishna.

Im Roman ist Govinda zunächst treuer Freund und Be-
gleiter Siddharthas, bis er sich den Anhängern Buddhas
anschließt. Schon zu Beginn des Romans, in der Jugend-
zeit der Freunde, erkennt Govinda, dass Siddhartha
anders ist als die anderen und weist somit den Verlauf
der Handlung voraus. Im Gegensatz zu seinem Freund
findet Govinda Erfüllung in den Lehren, die er kennen-
lernt, und so bleibt er schließlich bei Buddha, dessen
Lehre ihm am meisten zusagt. Er sucht zwar ebenso nach
Erkenntnis, will und kann diesen Weg jedoch nicht alleine gehen, sondern glaubt, sein Ziel in der gemeinsamen
Erfahrung mit anderen zu errei-
chen. Die beiden Freunde treffen

in den entscheidenden Wende-
punkten ihres Lebens zusammen: zunächst brechen sie
miteinander auf, um sich auf Sinnsuche zu begegnen,
trennen sich und sehen sich erst in der schicksalhaften
Nacht wieder, in der Siddhartha erkennt, dass der Fluss
ihm dabei helfen wird, den Sinn des Lebens zu finden.
Zuletzt sucht Govinda den inzwischen zur Erkenntnis
gelangten Siddhartha in der Fährmanns-Hütte auf, und
ihm wird nach anfänglicher Skepsis gegenüber der Einstellung Siddharthas nicht nur dessen Ähnlichkeit mit
Buddha, sondern auch der Weg zu seiner eigenen Sinn-
findung offenbart.

Vasudeva

In der indischen Mythologie handelt es sich bei Vasudeva um den
Vater Krishnas. Auch in dieser

mythischischen Vorlage zu Hesses Figur findet sich eine
Verbindung zum Fluss. Vasudeva trägt seinen neugebo-
renen Sohn zum Schutz vor Verfolgung über einen Fluss.

Während Hesses Vasudeva dem Leser zunächst als einfacher Fährmann erscheint, wird er im Laufe des Romans immer mehr zum engen Freund Siddharthas, der die Hauptfigur schließlich auf das sinnstiftende Element des Flusses, der „Stimme des Lebens", aufmerksam macht. In der letzten und vielleicht schwersten „Prüfung" Siddharthas, dem Loslassen seines Sohnes, steht Vasudeva seinem Freund als treuer Ratgeber zur Seite, und so gelangt Siddhartha schließlich zur Erkenntnis, dass niemand das Schicksal eines anderen Menschen beeinflussen kann, dass jeder Mensch seinen eigenen Weg gehen muss. Dies führt Siddhartha schließlich ans Ende seiner langen Sinnsuche und Vasudeva lässt ihn seine Nachfolge antreten.

Kamala

Die „Liebeslehrerin" Bei dem Namen Kamala handelt es sich um eine Anspielung auf den indischen Gott der Liebe und der Wünsche Kama. Kamala arbeitet als Prostituierte für die reichen Bürger der Stadt und wird zu Siddharthas Lehrerin der Liebe. Beide führen bald eine Beziehung, die zwar nicht auf Liebe beruht – denn beide erkennen, dass sie zu lieben nicht im Stande sind –sondern auf gegenseitigem Respekt und Verständnis. Mit der Zeit wächst auch in Kamala ein Bedürfnis nach einem tieferen Sinn und einer spirituellen Erkenntnis. Als Siddhartha die Stadt verlässt, wendet sie sich von ihrem Beruf ab und findet Gefallen an den Lehren Buddhas. Als sie den sterbenden Religionsstifter aufsuchen will, stirbt sie auf der Reise in der Hütte des Fährmanns an einem Schlangenbiss. Siddhartha, der ihr nicht mehr helfen kann, bleibt mit dem gemeinsamen Sohn, von dem er nie erfahren hatte, zurück.

Kamaswami

Auch Kamaswami ist eine Anspielung auf den Gott Kama. Er
steht stellvertretend für die Liebe

Kamaswami als Sinnbild des Materialismus

zu Materiellem, der auch Siddhartha verfallen wird. Kamaswami ist ganz und gar abhängig von Geld und materiellem Erfolg und repräsentiert alle Kindermenschen, die
ihr Leben ganz ohne den Drang einen tieferen Sinn zu
finden, vor sich hin vegetieren.

Der Junge Siddhartha

Der Sohn von Kamala und Siddhartha trägt den Namen des Vaters und wuchs – allein bei der

Jeder Mensch muss seinen eigenen Weg gehen

Mutter – zu einem verwöhnten Muttersöhnchen heran.
Als er schließlich bei seinem bisher unbekannten Vater
und dem alten Fährmann in Armut leben muss, rebelliert
er gegen dieses neue ungewohnte Leben – und den
Vater. Wie einst Siddhartha selbst, wird auch der Sohn
den Vater verlassen, um seine eigenen Erfahrungen zu
machen. Ein Weg, den niemand für einen anderen Menschen gehen kann, das muss schließlich auch Siddhartha erkennen.

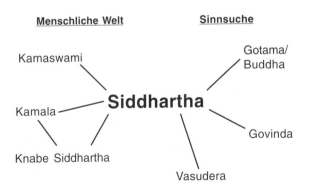

39

2.4.2 Motive und Stoffe

„Die Worte tun dem geheimen Sinn nicht gut, es wird immer alles gleich ein wenig anders, wenn man es ausspricht ..." sagt Siddhartha in seinem letzten Gespräch mit Govinda. So ist es auch um den Sinn dieser Dichtungen bestellt.

Om, der Gedanke der Einheit

„Om" als „göttliche Kraft" Hesses indisch-asiatisch gefärbte Gläubigkeit kennt nur ein einziges Dogma, den Gedanken der Einheit. In jener mystischen Silbe „Om", aus den heiligen Texten der Hindus und Buddhisten fasst er das Vollkommene, die Vollendung im Wort. Das Wort „Om" steht als Symbol für die „göttliche Kraft", die „das ganze All durchdringt und dem Mikrokosmos des menschlichen Herzens als belebende Gnade Gottes innewohnt"[5], „eine Kraft, selbst ohne Form und Substanz, aber dennoch der Ursprung alles Gewesenen, Seienden und Werdenden"[6].

Siddhartha, der Brahmanensohn, spricht dieses „Om" in seinen Gebeten, es meldet sich in seiner Seele, als er am Fluss Selbstmord begehen will. Durch das „Om" findet Siddhartha letztlich seinen Weg.

Sansara und Nirwana

„,Wie, o Siddhartha, konntest du so in Weltlichkeit und Sinnenlust zurückfallen? Wie sehr hast du dich in Sansara verstrickt!' sprach Govinda.

---

5) Heinrich Zimmer: Philosophie und Religion Indiens. Frankfurt a. M.: Suhrkamp 1973, S. 71
6) Leroy R. Shaw: Zeit und Struktur des Siddhartha. In: Materialien zu Hermann Hesses „Siddhartha". Zweiter Band. Frankfurt a. M.: Suhrkamp 1974, S. 100

Sprach Siddhartha: ‚Weißt du nicht, Lieber, dass zum Nirwana der schnellste Weg mitten durch Sansara führt? Weißt du nicht, dass zuweilen Kindereien die größte Weisheit sind?'

Also sprach Siddhartha und lächelte, und lächelte." (Hermann Hesse auf einer Postkarte an Georg Reinheirt vom 11.3.1922)

Sansara bedeutet die sich ewig wiederholende Erneuerung des Daseins mit allen seinen Leiden.

Nirwana kann allein durch Sansara erreich werden

„Der angedeutete Weg aus Sansara ist natürlich der alte, indische, Sansara hört auf mit dem ‚Nichtwissen', und das Ziel wird Nirwana. Als bloße Verstandeserkenntnis ist das freilich harmlos, religiösen und praktischen Wert hat es nur, wenn die Erkenntnis durch beständige Übung und Meditation zur Basis des ganzen Lebens wird. Dies fällt dem Europäer schwer", heißt es in einem Brief Hesses an Georg Reinhart vom 30.4.1921. Nirwana ist im Buddhismus die Erlösung als vollständiges Aufhören des ewigen Kreislauf des Lebens und des Wiedergeborenwerdens, ein Stadium, das von Heiligen schon in diesem Leben durch die Überwindung von Hass, Gier und Wahn erreicht werden kann. Bei Eintritt des Todes ist es dann unmöglich, in einer individuellen Existenz wiedergeboren zu werden.

Hesses Gedicht *Media in Vita*, das er am 15. Februar 1921 geschrieben hat, trug ursprünglich den Titel *Sansara*. Es lautet:

Einmal, Herz, wirst du ruhn,
Einmal den letzten Tod gestorben sein,
Zur Stille gehst du ein,
Den traumlos tiefen Schlaf zu tun.
Oft winkt er dir aus goldenem Dunkel her,
Oft sehnst du ihn heran,
Den fernen Hafen, wenn dein Kahn,
Von Sturm zu Sturm gehetzt, treibt auf dem Meer.

Noch aber wiegt dein Blut
Auf roter Welle dich durch Tat und Traum,
Noch brennst du, Herz, in Lebensdrang und Glut.
Hoch aus dem Weltenbaum
Lockt Frucht und Schlange dich mit süßen Zwang
Zu Wunsch und Hunger, Schuld und Lust,
Spielt hundertstimmiger Gesang
Sein holdes Regenbogenspiel durch deine Brust.
Dich ladet Liebesspiel,
Urwald der Lust, zum Krampf der Wonne ein,
Dort trunkner Gast, dort Tier und Gott zu sein,
Erregt, erschlafft, hinzuckend ohne Ziel.
Dich zieht die Kunst, die stille Zauberin,
In ihren Kreis mit seliger Magie,
Malt Farbenschleier über Tod und Jammer hin,
Macht Qual zu Lust, Chaos zu Harmonie.
Geist lockt zu höchstem Spiel empor,
Den Sternen gegenüber stellt
Er dich, macht dich zum Mittelpunkt der Welt
Und ordnet rund um dich das All im Chor;
Vom Tier und Urschlamm bis zu dir herauf
Weist er der Herkunft ahnenreiche Spur,
Macht dich zum Ziel und Endpunkt der Natur,
Dann tut er dunkle Tore auf,
Er deutet Götter, deutet Geist und Trieb,
Zeigt, wie aus ihm sich Sinnenwelt entfaltet,
Wie das Unendliche sich immer neu gestaltet,
Und macht die Welt, die er zu Spiel zerschäumt,
Dir erst von neuem lieb,
Da du es bist, der sie und Gott und All erträumt.

Auch nach den düstern Gängen hin,
Wo Blut und Trieb das Schaurige vollziehn,
Auch dahin offen steht der Pfad,
Wo Rausch aus Angst, wo Mord aus Liebe blüht,
Verbrechen dampft und Wahnsinn glüht,
Kein Grenzstein scheidet zwischen Traum und Tat.

All diese vielen Wege magst du gehen,
All diese Spiele magst du spielen noch,
Und jedem folgt, so wirst du sehn,
Ein neuer Weg, verführerisch noch.
Wie hübsch und Gut und Geld!
Wie hübsch ist: Gut und Geld verachten!
Wie schön: entsagend wegsehn von der Welt!
Wie schön: nach ihren Reizen brünstig trachten!
Zum Gott hinauf, zum Tier zurück,
Und überall zuckt flüchtig auf ein Glück.
Geh hier, geh dort, sei Mensch, sei Tier, sei Baum!
Unendlich ist der Welt buntfarbiger Traum,
Unendlich steht dir offen Tor um Tor,
Aus jedem braust des Lebens voller Chor,
Aus jedem lockt, aus jedem ruft
Ein flüchtig Glück, ein flüchtig holder Duft.
Entsagung, Tugend übe, wenn dich Angst erfasst!
Steig auf den höchsten Turm, wirft dich herab!
Doch wisse: überall bist du nur Gast,
Gast bei der Lust, beim Leid, Gast auch im Grab –
Es speit dich neu, noch eh du ausgeruht,
Hinaus in der Geburten ewige Flut.

Doch von den tausend Wegen einer ist,
Zu finden schwer, zu ahnen leicht,
Der aller Welten Kreis mit einem Schritt ermisst,
Der nicht mehr täuscht, der letztes Ziel erreicht.
Erkenntnis blüht auf diesem Pfade dir:
Dein innerstes Ich, das nie ein Tod zerstört,
Gehört nur dir,
Gehört der Welt nicht, die auf Namen hört.
Irrweg war deine lange Pilgerschaft,
Irrweg in namenlosen Irrtums Haft,
Und immer war der Wunderpfad dir nah,
Wie konntest du so lang verblendet gehen,
Wie konnte solcher Zauber dir geschehen,
Dass diesen Pfad dein Auge niemals sah?!

Nun endet Zaubers Macht,
Du bist erwacht,
Hörst fern die Chöre brausen
Im Tal des Irrens und der Sinnen,
Und ruhig wendest du vom Außen
Dich weg, und zu dir selbst, nach innen.
Dann wirst du ruhn,
Wirst letzten Tod gestorben sein,
Zur Stille gehst du ein,
Den traumlos tiefen Schlaf zu tun.

„Wenn der erhabene Gotama lehrend von der Welt sprach", heißt es in *Siddhartha*, so musste er sie teilen in Sansara und Nirwana, in Täuschung und Wahrheit, in Leid und Erlösung. Man kann nicht anders, es gibt keinen andern Weg für den, der lehren will. Die Welt selbst aber, das Seiende um uns her und in uns innen, ist nie einseitig. Nie ist ein Mensch, oder eine Tat, ganz Sansara oder Nirwana, nie ist ein Mensch ganz heilig oder ganz sündig."

Liebe

Liebe ist die Hauptsache

Hesses Siddhartha, der jede Lehre und jedes Dogma ablehnt und das Erlebnis der Einheit zum Mittelpunkt macht, erklärt die Liebe zum Dreh- und Angelpunkt seiner Weltanschauung: „Die Liebe, o Govinda, scheint mir von allem die Hauptsache zu sein. Die Welt zu durchschauen, sie zu erklären, sie zu verachten, mag großer Denker Sache sein. Mir aber liegt einzig daran, die Welt lieben zu können, sie nicht zu verachten, sie und mich nicht zu hassen, sie und mich und alle Wesen mit Liebe und Bewunderung und Ehrfurcht betrachten zu können." Und auf Govindas Einwand, dies stehe im Widerspruch zur Lehre Gotamas, fährt Siddhartha fort: „Wie sollte denn auch Er die Liebe nicht kennen. Er, der alles Menschensein in seiner Vergänglichkeit, in seiner Nichtigkeit erkannt hat, und dennoch die Menschen so sehr liebte, dass er ein langes, mühevolles Leben einzig darauf verwendet hat, ihnen zu helfen, sie zu lehren!"

In der Tat ist hier ein starker Bezug Hesses zum Christentum zu erkennen, wenn er diese Lehre Siddhartha in den Mund legt. Hesse hat dies selbst zugestanden, als er in seinem Aufsatz *Mein Glaube* (1931) bekannte, dass er in *Siddhartha* seinen Glauben niederzulegen versucht hat.

> *Hesse legt in Siddhartha den eigenen Glauben dar*

Adrian Hsia macht jedoch darauf aufmerksam, dass das Christentum durchaus nicht das Monopol auf die Botschaft der Liebe hat, sondern sich dass sich dieses Element noch in anderen Religionen wiederfinden lässt: „Die Liebe ist ein nicht unwichtiger Aspekt des Tao[7], ja in gewisser Hinsicht sogar seine Hauptsache, denn Tao beschirmt und umfasst alle Wesen. Die Liebe wird im ‚Tao Te King' an dritter stelle hinter Tao und Te angeführt. Dabei können Tao und Te nicht gezählt werden, denn sie sind eine Voraussetzung aller Wesen, ohne welche nichts ist und vollzogen werden kann. Deshalb nimmt auch im Taoismus die Liebe einen entscheidenden Platz ein. Folgerichtig lesen wir bei Dschuang Dsi[8]:

‚Es gab Dinge, die der Entstehung von Himmel und Erde vorausgingen; aber was den Dingen ihre Dinglichkeit gibt, ist nicht selbst ein Ding. Innerhalb der Welt der Dinge aber kann man nicht jenseits der Dinge zurückkehren, und da es zu jener Zeit Dinge gab, ist kein Aufhören. Der berufene Heilige, der die Menschen liebt, ohne jemals damit aufzuhören, hat ebenfalls diese Wahrheit erkannt.'

---

7) Tao ist bei den Taoisten der Welturgrund, der allen Erscheinungen zugrunde liegt, aber der verstandmäßigen Erkenntnis unfasslich bleibt, da er nicht aktiv wirkt. Er kann nur in mystischer Versenkung begriffen werden.

8) Dschuang Dsi (Tschuang-tse), chinesischer Philosoph, lebte in der 2. Hälfte des 4. Jhdts.; er war ein Schüler von Laotse.

Doch müssen wir noch fragen, ob die Liebe, die Siddhartha meint, überhaupt die christliche Liebe sein kann. Er erklärt seine Idee der Liebe am Beispiel eines Steins:

'... dieser Stein ist Stein, er ist auch Tier, er ist auch Gott, er ist auch Buddha, ich verehre und liebe ihn nicht, weil er einstmals dies oder jenes werden könnte, sondern weil er alles längst und immer ist ...'

Ist das christliche Liebe? Sie mutet uns viel eher geradezu ‚heidnisch' an! Gewiss ist es nicht die Liebe der orthodoxen Lehre. Es kann aber auch nicht die Liebe eines christlichen Mystikers sein, schon gar nicht eines Meister Eckhart, denn Siddhartha liebt den Stein, nicht weil er ein Teil der Schöpfung Gottes ist, sondern weil er Dauer und Wandlung symbolisiert, mit anderen Worten: weil er Tao ist. Aus demselben Grund kann Siddhartha, wie er sagt, auch eine Baum, ein Stück Rinde, ja jedes ‚Ding' lieben. Gewiss ist es kein Zufall, dass beide, Hesse und Dschuang Dsi, den Ausdruck ‚Ding' verwenden."[9]

Dienst und Opfer

Leben als Dienst und Opfer vor Gott

In Dienst und Opfer klingt eine Gemeinsamkeit in der Lehre Christi und in der Lehre Buddhas auf, die auf Biographisches im Leben Hesses verweist. In seinem Aufsatz *Mein Glaube* geht er darauf ein: „Dass mein Glaube in diesem Buch einen indischen Namen und ein indisches Gesicht hat, ist kein Zufall. Ich habe in zwei Formen Religion erlebt, als Kind und Enkel frommer rechtschaffener Protestanten und als Leser indischer Offenbarungen, unter denen ich obenan die Upanishaden, die Bhagavad Gita und die Reden des Buddha stelle. Und auch das war kein Zufall, dass ich, inmitten eines echten und lebendigen Christentums aufgewachsen, die ersten Regungen eigener Religiosität in indischer Ge-

---

9) Adrian Hsia: Hermann Hesse und China. Frankfurt a. M.: Suhrkamp 1974, S. 248.

stalt erlebte. Mein Vater sowohl wie meine Mutter und deren Vater waren ihr Leben lang im Dienst christlichen Mission in Indien gestanden, und obwohl erst in einem meiner Vettern und mir die Erkenntnis durchbrach, dass es nicht eine Rangordnung der Religionen gebe, so war doch schon in Vater, Mutter und Großvater nicht bloß eine reiche und ziemlich gründliche Kenntnis indischer Glaubensformen vorhanden, sondern auch eine nur halb eingestandene Sympathie für diese indischen Formen. Ich habe das geistige Indertum ganz ebenso von Kind auf eingeatmet und miterlebt wie das Christentum... Dass Menschen ihr Leben als Lehen von Gott ansehen und es nicht in egoistischem Trieb, sondern als Dienst und Opfer vor Gott zu leben suchen, dies größte Erlebnis und Erbe meiner Kindheit hat mein Leben stark beeinflusst."

Aber die Hochachtung vor der Landeskirche im Vaterhaus empfand er früh als nicht ganz echt und beargwöhnt sie. Die sonntäglichen Gottesdienste, der Konfirmandenunterricht und die Kinderlehre brachten ihm keinerlei religiöse Erlebnisse. Er erkannte vielmehr, „dass die Geschichte dieser Kirchen und ihrer Oberhäupter, der protestantischen Fürsten, um nichts edler war als die der geschmähten päpstlichen Kirche". „Im Vergleich nun mit diesem so eng eingeklemmten Christentum, mit diesen etwas süßlichen Versen, diesen meist so langweiligen Pfarrern und Predigten, war freilich die Welt der indischen Religion und Dichtung weit verlockender."

Atman, der Urquell

In Siddhartha findet sich noch ein weiteres biographisches Moment. Siddhartha kehrt dem Elternhaus den Rücken, er hat ein festes Ziel, das er erreichen will. Er will Atman, den Urquell im eigenen Ich finden und ist überzeugt davon, dass er dies nur allein erreichen kann. In seinem *Kurzgefassten Lebenslauf* (1925) berichtet Hesse von

Festes Ziel im Leben

seinem eigenen jugendlichen Vorsatz: „Von meinem drei-
zehnten Jahr an war mir das eine klar, dass ich entweder
ein Dichter oder gar nichts werden wollte." Unter vielen
Stürmen und Opfern hat Hesse sein Ziel erreicht. Auf
Grund eines ersten literarischen Erfolges konnte er freier
Schriftsteller werden. Aber dann kam eine neue Erschüt-
terung, der Ausbruch des ersten Weltkriegs. „Dadurch
kam ich wieder zu mir selbst und in Konflikt mit der Umwelt, ich wurde nochmals in die Schule genommen,
musste nochmals die Zufriedenheit mit mir selbst und mit
der Welt verlernen, und trat erst mit diesem Erlebnis über
die Schwelle der Einweihung ins Leben."

**Parallelen zwischen
Siddhartha und Demian**

Mit diesem Grundmuster wird
Siddhartha ein direkter Nachfahr
des *Demian*. Diese 1917 ent-
standene und 1919 – zunächst unter einem Pseudonym
– veröffentlichte Dichtung Hesses trägt einen aus dem
Werk selbst entnommenen Satz als Motto: „Ich wollte ja
nichts als das zu leben versuchen, was von selber aus
mir heraus wollte. Warum war das so sehr schwer?"

Eigensinn

**Grundgedanke in
Siddhartha ist die Unab-
hängigkeit der Lebewesen**

Den Grundgedanken zum Ei-
gensinn hat Hesse wohl am
prägnantesten in seinem gleichnamigen Aufsatz aus dem Jahr
1917 formuliert: „Einen ‚eigenen Sinn' nun hat jedes Ding
auf Erden, schlechthin jedes. Jeder Stein, jedes Gras,
jede Blume, jeder Strauch, jedes Tier wächst, lebt, tut
und fühlt lediglich nach seinem ‚eigenen Sinn', und darauf beruht es, dass die Welt gut, reich und schön ist... Der
Eigensinnige zeigt den Millionen der Gewöhnlichen, der
Feiglinge, immer wieder, dass der Ungehorsam gegen
Menschensatzung keine rohe Willkür sei, sondern Treue
gegen ein viel höheres, heiligeres Gesetz... Sein ‚Eigensinn' ist wie der tiefe, herrliche, gottgewollte Eigensinn

jedes Grashalms auf nichts anderes gerichtet als auf sein eigenes Wachstum... Der Mensch mit jenem ‚Eigensinn‘, den ich meine, sucht nicht Geld oder Macht. Er verschmäht diese Dinge nicht etwa, weil er ein Tugendbold und resignierender Altruist wäre – im Gegenteil! Aber Geld und Macht und all die Dinge, um derentwillen Menschen einander quälen und am Ende totschießen, sind dem zu sich selbst gekommenen Menschen, dem Eigensinnigen, wenig wert. Er schätzt eben nur eines hoch, die geheimnisvolle Kraft in ihm selbst, die ihn leben heißt und ihm wachsen hilft... Für ihn lebt nichts als das stille, unweigerliche Gesetz in der eigenen Brust, dem zu folgen dem Menschen des bequemen Herkommens so unendlich schwerfällt, das dem Eigensinnigen aber Schicksal und Gottheit bedeutet."

Von solcher Einstellung geprägt ist Siddharthas Rede, als er Go-

Den eigenen Weg gehen

tama, dem Erhabenen, gegenübersteht: „Ich habe nicht einen Augenblick gezweifelt, dass höchste, nach welchem so viel tausend Brahmanen und Brahmanensöhne unterwegs sind. Du hast die Erlösung vom Tode gefunden", bestätigt er, betont aber sofort: „Sie ist dir geworden aus deinem eigenen Suchen, auf deinem eigenen Wege..." Deshalb beschließt und bekennt Siddhartha: „Einzig für mich, für mich allein muss ich urteilen, muss ich wählen, muss ich ablehnen."

„Obwohl *Siddhartha* mit dunklen Anspielungen auf die indische Gedanken- und Glaubenswelt durchsetzt ist, braucht man keineswegs Indologe zu sein, um die Erzählung zu verstehen. Vertraut mit Brahmanismus, Hinduismus und Buddhismus zu sein, zu wissen, wer Atman und Prajapati sind, was das Brahma ist und was Om, Maya und Sansara bedeuten, das Leben Gautama Buddhas und seine Lehren zu kennen oder die Ableitung und den Sinn der Namen Siddhartha, Govinda, Vasudeva, Kamala, Kamaswami und Sakyamuni mag den intellektuellen Genuss der Erzählung beim Leser erhöhen, aber es ist unnötig für das grundlegende Verständnis, es kann sogar ablenken, ja irreführen. All diese Gelehrsamkeit bildet den Hintergrund, ist nicht das Wesentliche. Der Text selbst liefert alles, was an Erklärung nötig ist."[10] Mit diesem Resümee trifft Joseph Mileck in der Tat den Kern eines Interpretationsansatzes, den einer absolut immanenten Deutung. Mileck weiß dies auch auf eine knappe Formel zu bringen: Siddhartha „lebt sich selbst, lernt sich dabei erkennen und erfährt schließlich die vollständige Selbstverwirklichung."

In seinem *Nachwort* zum Sammelband „Weg nach innen", in dem auch *Siddhartha* abgedruckt ist, bemerkte Hesse (1931): „Der *Siddhartha* wurde im Winter 1919 begonnen; zwischen dem ersten und dem zweiten Teil lag eine Pause von nahezu anderthalb Jahren.

Hesse musste erst einmal selbst „erleben", ehe er zu Papier bringen konnte

Ich machte damals – nicht zum ersten Mal natürlich, aber härter als jemals – die Erfahrung, dass es unsinnig ist, etwas schreiben zu wollen, was man nicht gelebt hat, und habe in jener langen Pause, während ich auf die Dichtung *Siddhartha* schon verzichtet hatte, ein Stück asketischen und meditierenden Lebens nachholen müssen, ehe die mir seit Jünglingszeiten heilige und wahlverwandte Welt des indischen Geistes wieder wirkliche Heimat werden konnte."

Intertextuelle Bezüge zum Hesse-Werk

Die Stelle des vorläufigen Arbeitsabbruchs lag dort, wo die bisherigen Gestaltungsversuche Hesses eingebracht waren und eine Weiterführung – Hesse wollte Siddhartha als Sieger zeigen – notwendig wurde. Eingebracht waren die Erfahrungs- und Denkwelt aus dem *Demian*: das In-sich-Hineinhorchen, das Erkennen und Erleben von Gedankenkräften, aber auch das Sich-Ablösen von Eltern und Lehrern. Eingebracht wa-

---

10) Joseph Mileck: Hermann Hesse, Dichter, Sucher, Bekenner. Biographie. München: C. Bertelsmann 1979, S. 158

ren die Erfahrungs- und Denkwelt von *Klein und Wagner*: das Emanzipatorische wie das Sich-fallen-Lassen. Eingebracht waren aber auch die Erfahrungs- und Denkwelt von *Klingsors letztem Sommer*: das Sich-selbst-Leben, das Hesse nun aufs Neue in *Siddhartha* gestaltet. „Doch das war", wie Mileck feststellt, „kein in Dichtung verwandeltes tatsächliches Erlebnis, sondern etwas Mögliches in Dichtung übertragen, das menschliche Ideale auf eine passend ideale, zeitlose Weise dargestellt."[11]

2.4.3 Sprache und Stil

„Im »Siddhartha« sucht Hesse vor allem die Musik Indiens zu erfassen. Er trägt ihren Klang seit frühestem Kindergedenken im Ohr; diesen hieratischen Dreiklang, der den Satz gleich einem Sternbild tönen läßt, indem er dreimal dasselbe sagt, nur in anderer Wendung. Priesterlich tanzt und schreitet die Sprache, denn der Priesterschritt ist ein feierlicher Urtanz, und das Tänzerische ist dem Priester eigen. Ein wohlgefügtes Geschmeide ist diese Sprache, sorglich sind die Verschlüsse und Verschränkungen angebracht, und immer dort, wo ein Edelstein zu sitzen bestimmt ist, liegt eine Wunde darunter, die mit ihm verdeckt und verschlossen wird", schrieb Hugo Ball im Jahr 1927 zu Hermann Hesses 50. Geburtstag.

Schon der Titelzusatz „indische Dichtung" deutet nicht nur einen **Klare Sprache und Aufbau** vielleicht etwas altmodisch anmutenden Sprachgebrauch voraus, sondern indiziert, dass Hesse auch über die Sprache seines Textes versucht, die asketische Lebenseinstellung, die er in Siddhartha beschreibt, zum Ausdruck zu bringen. Hesses Sprache ist klar und nüchtern, frei von Pomp und Schnörkel. Der Satzbau ist

---

11) Joseph Mileck: Hermann Hesse, Dichter, Sucher, Bekenner. Biographie. München: C. Bertelsmann 1979, S. 159

schlicht, häufig finden sich Parataxen, auf komplizierte Schachtelsätze verzichtet Hesse bewusst.

Ebenso klar ist der Text in drei – nicht nur hierin findet sich der von Ball erwähnte Dreiklang – in jeweils vier Kapitel unterteilte Abschnitte gegliedert. Ein auktorialer Erzähler schildert die Vorgänge in chronologischer Reihenfolge.

Wiederholung als Symbol für Meditation

Auch die Kunst der Meditation setzte Hesse sprachlich um, indem er Sätze und Gedanken formelhaft wiederholt.

2.5 *Siddhartha* im Unterricht (Gedankensplitter)

Die Besprechung dieser Dichtung im Unterricht wird in der Regel auf Anregungen aus der Lerngruppe zurückgehen. Aus diesem Grunde sollte den Ursachen der Schülermotivation nachgegangen werden. Diese könnten in verschiedenen Bereichen angesiedelt sein: in dem Wunsch nach Kennenlernen ostasiatischen Geistes in einer deutschen Dichtung, in der Verehrung und schablonenhaften Übernahme einer Guru-Figur, ob sie nun Hesse oder Siddhartha heißt, oder in der Absicht, den Lebensweg eines Menschen kennen zu lernen, der, ähnlich wie es *Demian* zeigte, das zu leben versuchte, was in ihm lag und aus ihm selber herauswollte. Eine Motivation durch den englischen Film von Conrad Rooks durfte kaum gegeben sein, weil davon weder eine deutsche Version vorliegt noch der Film in Deutschland öffentlich aufgeführt worden ist. Soweit diese oder andere Begründungen für den Lektürewunsch *Siddhartha* von einiger Relevanz sind, sollten sie im Unterrichtsverlauf thematisiert werden. Eine Besprechung dieser Dichtung sollte frühestens in der Jahrgangsstufe 11 erfolgen.

Häufig praktiziert, wenn auch höchst fragwürdig, ist die Einführung dieser Dichtung durch ein Schülerreferat. Da im allgemeinen bei solcher Gelegenheit nur der Referent das Werk gelesen hat, wird bestenfalls eine allgemeine Information der Lerngruppe erreicht. Inhaltsangabe als Ersatz für Originallektüre ist als dünner Aufguss kaum eine Motivation zu eigenständiger Beschäftigung. Eine Inhaltsangabe, nachdem möglichst alle aus der Lerngruppe das Werk gelesen haben, bedeutet eine wesentliche Vertiefung des Erstverständnisses und einen Einstieg in selbstständige Interpretation.

Nach der Lektüre des Romans kann die Thematik Siddharthas dann in der Lerngruppe gemeinsam erarbeitet werden.

Hier bieten sich arbeitsteilige Verfahren und damit Partner- bzw. Gruppenarbeiten an.

A Zum Beispiel können im Unterricht unterschiedliche Methoden der Literaturanalyse erarbeitet werden. Ein biographischer Interpretationsansatz lässt sich herausarbeiten, indem gezeigt wird, wie sich in Siddharthas Wendung gegen scholastisches Brahmanentum und gegen den reformatorisch gerichteten Buddhismus Hesses Jugendrevolte gegen den Pietismus des Elternhauses zeigt. Hierzu sollten die beiden Bände *Kindheit und Jugend vor Neunzehnhundert. Hermann Hesse in Briefen und Lebenszeugnissen* (Frankfurt a. M.: Suhrkamp 2002) unbedingt herangezogen werden.

B Psychologische Interpretationsansätze liefert das Kapitel „Die Geschichte vom unzufriedenen Schüler" aus dem Buch *Triffst du Buddha unterwegs ...: Psychotherapie und Selbsterfahrung* von Sheldon B. Kopp (Frankfurt a. M.: Fischer 2006). Aufschlussreiche Hinweise finden sich auch im Heftchen „Psychoanalyse und Literaturwissenschaft" von Peter von Matt (Ditzingen: Reclam 2001) und der Aufsatzsammlung „Literatur und Psychoanalyse: Erinnerungen als Bausteine einer Wissenschaftsgeschichte" (hrsg. von Wolfram Mauser und Carl Pietzcker, Würzburg: Königshausen & Neumann 2007).

C   Für einen werkimmanenten Interpretationsansatz bietet sich zum Biespiel die Thematik „Siddhartha und Govinda. Zwei Wege zu einem Ziel" an.

D   Als Einstieg in einen soziologischen Interpretationsansatz können die Sätze aus Fritz Böttgers Hessebiographie[11] dienen: „Alles Vervollkommnungs- und Glücksstreben Siddharthas beschränkt sich auf die kleine Welt seines Bewusstseins. War der Höhepunkt des faustischen Lebenslaufs der Goethezeit die Vision, auf freiem Grund mit freiem Volk zu stehen, so bleibt am Ende von ‚Siddhartha' ein alter Fährmann, der auf gesellschaftliche Praxis und Aktivität verzichtet, der aufhört, mit dem Schicksal zu kämpfen, und in mystischer Kontemplation eins wird mit dem Weltganzen."

E   Zum Literaturvergleich lässt sich Hesses 1907 entstandene *Legende vom indischen König* (abgedruckt u. a. in *Materialien zu Hermann Hesses ‚Siddhartha'*, Band 1, S. 265-268) heranziehen, aber auch Stefan Zweigs Novelle „Die Augen des ewigen Bruders", etwa mit folgenden Themen:

– Vergleiche die Lebensziele Siddharthas und Viratas!

– Welche Lebensstufen durchlaufen Siddhartha und Virata?

– Vergleiche Siddharthas und Viratas Gespräche mit ihren Söhnen!

F Zur Erörterung eignen sich zum Beispiel die folgenden Sätze aus *Siddhartha*:

- Weich ist stärker als hart, Wasser stärker als Fels, Liebe stärker als Gewalt.

- Wenn jemand sucht, dann geschieht es leicht, dass sein Geist nur noch das Ding sieht, das er sucht – dass er nichts zu finden, nichts in sich einzulassen vermag, weil er immer nur an das Gesuchte denkt, weil er ein Ziel hat, weil er vom Ziel besessen ist. Suchen heißt: ein Ziel haben. Finden aber heißt frei sein, offen stehen, kein Ziel haben.

- Nichts war, nichts wird sein; alles ist, alles hat Wesen und Gegenwart.

- Es gibt in der tiefen Meditation die Möglichkeit, die Zeit aufzuheben, alles gewesene, seiende und sein werdende Leben als gleichzeitig zu sehen, und da ist alles gut, alles vollkommen, alles ist Brahman.

- Weisheit ist nicht mitteilbar. Weisheit, welche ein Weiser mitzuteilen versucht, klingt immer wie Narrheit.

- Eine Wahrheit lässt sich immer nur aussprechen und in Worte hüllen, wenn sie einseitig ist. Die Welt aber, das Seiende um uns her und in uns innen ist nie einseitig.

- Die Welt zu durchschauen, sie zu verachten, mag großer Denker Sache sein. Mir aber liegt einzig daran, die Welt lieben zu können, sie und mich und alle Wesen mit Liebe und Bewunderung und Ehrfurcht betrachten zu können.

G Zur Untersuchung der Selbstverwirklichung und der Ich-Findung eignen sich folgende Arbeitsaufträge:

- Charakterisierung der Protagonisten

- Herausarbeiten der einzelnen „Entwicklungsstufen" Siddharthas

H Zur Untersuchung des Motivs der Einheit eigenen sich folgende Arbeitsaufträge:

- Untersuchung der Beziehung Siddhartha – Kindermenschen
- Analyse einzelner Motive: Fluss, Singvogel...
- Untersuchung der Vater-Sohn-Beziehung

Abschließend kann in Form einer Rezension des Romans als Hausaufgabe nicht nur noch einmal der durchgenommene Stoff wiederholt, sondern auch der Lernerfolg abgefragt werden.

3. Von *Siddharta* zum Steppenwolf

„Dass ich in dieser Welt [des indischen Geistes] nicht weiterhin verharrte, wie ein Konvertit in seiner Wahlreligion, dass ich diese Welt oft wieder verließ, dass auf den ‚Siddhartha' der ‚Steppenwolf' folgte, wird mir von Lesern, welche den ‚Siddhartha' lieben, den ‚Steppenwolf' aber nicht gründlich genug gelesen haben, oft mit Bedauern vorgeworfen. Ich habe keine Antwort darauf zu geben, ich stehe zum ‚Steppenwolf' nicht minder als zum ‚Siddhartha'; für mich ist mein Leben ebenso wie mein Werk eine selbstverständliche Einheit, welche eigens zu beweisen oder zu verteidigen mir unnütz scheint" (Aus dem „Nachwort" zu *Weg nach innen*. 1931).

Dennoch äußerte sich Hesse ab und an kritisch über die – seiner Meinung nach – fehlerhaften Einschätzungen seiner Leserschaft: „Ich habe für das gar keinen Sinn", schrieb er am 16. September 1947 an Dr. P. E. in Dresden. Worum es ihm tatsächlich ging, bekannte Hesse in einem Brief an H. M. vom 11. November 1935: „Ich bin den fragwürdigen Weg des Bekennens gegangen, ich habe, bis zur ‚Morgenlandfahrt', in den meisten meiner Bücher beinahe mehr von meinen Schwächen und Schwierigkeiten gezeugt als von dem Glauben, der mir trotz der Schwächen das Leben ermöglicht und gestärkt hat."

Unverständnis gegenüber der Ablehnung des Steppenwolfs seitens der Leser

Neben Zeitungs- und Zeitschriftenbeiträgen sind es vier Bücher, die Hesse zwischen *Siddhartha* und dem *Steppenwolf* publizierte. *Sinclairs Notizbuch* (entstanden 1923) enthält – bereits einzeln und meist unter dem Pseudonym Emil Sinclair erschienene – Betrachtungen aus den Jahren 1917 bis 1920. Das *Bilderbuch* (entstanden 1926) ent-

Vier Bücher liegen zwischen Siddhartha und Steppenwolf

hält Schilderungen, die in den Jahren 1901 bis 1924 entstanden sind. Bei den beiden größeren Werke, die in der Zeit zwischen *Siddhartha* und dem *Steppenwolf* entstanden sind, handelt es sich um den *Kurgast* (entstanden 1923) und *Die Nürnberger Reise* (entstanden 1925). Der *Kurgast* enthält Aufzeichnungen, die Hesse bei zwei Kuraufenthalten in Banden bei Zürich im Frühjahr und Herbst des Jahres 1923 konzipierte. Das Buch erschien 1924 zunächst als Privatdruck unter dem Titel *Psychologgia Balnearia oder Glossen eines Badener Kurgastes*, ehe es im Jahr darauf der S. Fischer Verlag innerhalb der „Gesammelten Werke in Einzelausgaben" herausbrachte.

Hugo Ball, Hesses erster großer Biograph, nannte den *Kurgast* „das vergnüglichste Büchlein, das Hesse je geschrieben hat". In seiner späteren *Aufzeichnung bei einer Kur in Baden* bekannte Hesse: „Angeregt teils durch die ungewohnte Muße des Kur- und Hotellebens, teils durch einige neue Bekanntschaften mit Menschen und Büchern, fand ich in jenen sommerlichen Kurwochen eine Stimmung der Einkehr und Selbstprüfung, auf der Mitte des Weges vom *Siddhartha* zum *Steppenwolf*, eine Stimmung von Zuschauertum der Umwelt wie der eigenen Person gegenüber, eine ironischspielerische Lust am Beobachten und Analysieren des Momentanen, eine Schwebe zwischen lässigem Müßiggang und intensiver Arbeit"[12].

Das Leben ist kein geradliniger Weg

Bereits kurz nach Erscheinen des Buches hatte Eduard Korrodi in einer Rezension einen Gedanken innerhalb des *Kurgast* besonders betont, als er in seiner Rezension u. a. schrieb: „Dies Buch ist von Anfang bis Ende ein beneidenswertes Erlangen kostbarer höherer Weisheit"[13]. Damit spricht er jene auf sich selbst

---

12) Schweizer Monatshefte. Zürich. 29, Januar 1950, 10, S. 595-604, hier S. 595

13) Neue Zürcher Zeitung. Nr. 851 vom 31. Mai 1925

bezogene Interessenlage Hesses an. Sie zeigt jedoch auch nicht als geradliniger Weg, ebenso wenig wie es bei *Siddhartha* der Fall war. Und wenn Joseph Mileck feststellt, „das Ich und das Leben zu lieben, zu akzeptieren und zu bejahen", macht er dieses wechselvoll Prozessuale sogleich mit der Einschränkung deutlich, dass dies Hesse eben nur „bis zum nächsten Rückfall in die Verzweiflung und dem nächsten Ausschlag des Pendels" möglich gewesen sei.

Das andere Werk ist *Die Nürnberger Reise*. Hesse war im September 1925 von Montagnola aus über Locarno, Zürich und Banden nach Deutschland gereist. Die ersten Stationen waren hier Tuttlungen und Blaubeuren, dann ging es weiter nach Ulm, Augsburg und Nürnberg. Heimwärts führte die Reise über München, Ludwigsburg und noch einmal Blaubeuren zunächst nach Zürich, wo er am 20. November eintraf. In Montagnola dann schrieb er vom 24. November bis 18. Dezember diese Erzählung nieder, die allerdings erst 1927 und auch außerhalb der „Gesammelten Werke in Einzelausgaben" im S. Fischer Verlag erschien.

Es gibt auch in dieser Dichtung eine ganze Reihe von Aussagen Hesses, die einer Interpretation wert sind. Aber schon Hugo Ball, der die *Nürnberger Reise* als eine der schönsten Erzählungen Hesses ansah, brachte es in seiner Biographie des Dichters nur zu ein paar gelegentlichen Anspielungen auf dieses Werk. Auch Hesses spätere Biographen taten sich meist schwer damit.

Den Kernpunkt dieser Erzählung und des *Kurgast* hat Hesse selber herausgestellt. Als er 1946 in der Schweiz diese beiden Erzählungen, in einem Band vereinigt, veröffentlichte, betonte er in seinem Nachwort, er habe die beiden „Schriften des Aufbewahrens für Wert befunden, nicht eines objektiven Wertes wegen, den sie nicht haben, sondern als Versuche zur Aufrichtigkeit sowohl wie zum Humor und als Zeugnisse meines Lebens und Arbeitens in den Jahren, die zwischen dem *Siddhartha* und dem *Steppenwolf* liegen."

4. Der Steppenwolf

4.1 Entstehung des Romans

Schwere Lebenskrise Der Steppenwolf entstand in einer sehr schwierigen Zeit im Leben Hermann Hesses. Kurz zuvor, im Jahr 1916, war sein Vater gestorben, seine Ehe mit Maria war endgültig gescheitert und auch eine neue Heirat brachte ihm kein Glück. 1924, im selben Jahr in dem Hesse die ersten Skizzen des Steppenwolfs anfertigte, war Hesse am Ende, unternahm sogar einen Selbstmordversuch. Bereits 1922 schrieb er in „Aus dem Tagebuch eines Entgleisten": Ich schmeiße es hin, mein Leben, dass die Scherben klirren; ich vergeude, ich alternder Mann, meine Tage und Stunden wie ein Student. Ich gebe mir große Mühe, ein Eintagsleben zu leben, ohne Herkunft, ohne Zukunft. Aber der andere, der zweite in mir, spitzt den Griffel, unerträglich ist im Eintagsleben, er braucht Herkunft, er dürstet nach Zukunft, er schreit brennend nach Zusammenhang und Fortdauer, und er sucht Stunde um Stunde dieses entrinnenden Lebenstaumels festzunageln, zu notieren, einzurahmen, an die Wand der Ewigkeit zu hängen."

Beginn der Arbeit am Steppenwolf 1925/26 Die eigentliche Arbeit am Steppenwolf begann Hesse im Winter 1925/26 in Zürich, nachdem er, enttäuscht von der Behandlung seiner Person durch die Deutschen, die Schweizer Staatsangehörigkeit angenommen hatte. „Wenn es dir ergangen wäre wie mir, dass du von der gesamten Presse des Vaterlandes, anständiger Gesinnung wegen, zehn Jahre lang beständig und immer wieder als Sauhund, als Drückeberger, als Vaterlandsverräter usw. gebrandmarkt worden wärest, so würdest du mitfühlen, wie fern und komisch diese Welt mir ist. [...] Das geistige Deutschland hat, so scheint es mir, den Krieg überhaupt nicht erlebt, sonst könnte es nicht nach diesen grauenvollen Jahren dieselben Melodien singen und mit dem alten, treuherzig blauen Blick der Unschuld in die Welt blicken", schrieb Hesse 1926 Ludwig Finckh.

Nach einem Aufenthalt in Montagnola, kehrt Hesse im Winter 1926 in die Schweiz zurück, wo er kurze Zeit später den Roman als vollendet erklärt. Bereits Mitte Januar 1927 sendet er eine Kopie des Manuskripts an seinen Verleger. Pünktlich zum 50. Geburtstag des Autors lag der *Steppenwolf* dann ab Ende Mai 1929 zusammen mit der ebenfalls gerade erschienenen Hesse-Biographie Hugo Balls in den Buchläden.

Obwohl der Roman starke auto-biografische Züge aufweist, spiegelt er auf der anderen Seite

Stark autobiografische Züge

auch generelle Probleme und Fragen seiner Zeit wider, wie der Aspekt des sich Abwendens von der Gesellschaft und die Suche nach einem tieferen Sinn. Die kurz zuvor, im Jahr 1890, von Sigmund Freud begründete Psychoanalyse fand ihren Weg auch in die zeitgenössische Kultur und beschäftigte Hesse in vielen seiner Texte.

4.2 Aufnahme des Romans

Der *Steppenwolf* wurde keinesfalls von Kritikerschaft und Lesern uneingeschränkt bejubelt, sondern viel mehr mit gemischten Gefühlen aufgenommen. Es sollte einige Jahre dauern, bis sich in der jungen Hippie-Bewegung eine begeisterte Fangemeinde fand, denen die Abkehr von der bürgerlichen Gesellschaft und das Do it your own way-Motto des *Steppenwolf* (wie sie im Grunde auch in Siddhartha zu finden ist) als Antwort auf all ihre Fragen an das Leben erschienen.

Beim Großteil der Leser jedoch hinterließ der Roman lange einen negativen Beigeschmack und so äußerte sich

Hesse in einem Nachwort, das er 1942 anlässlich einer Neuausgabe des *Steppenwolf* schrieb, zu Äußerungen seiner Leser: „Unter den Lesern meines Alters fand ich häufig solche, denen mein Buch zwar Eindruck machte, denen aber merkwürdigerweise nur die Hälfte seiner Inhalte sichtbar wurde. Diese Leser haben, so scheint mir, im Steppenwolf sich selber wiedergefunden, haben sich mit ihm identifiziert, seine Leiden und Träume mitgelitten und mitgeträumt, und haben darüber ganz übersehen, dass das Buch auch noch von anderem weiß und spricht als von Harry Haller und seinen Schwierigkeiten, dass über dem Steppenwolf und seinem problematischen Leben sich eine zweite, höhere, unvergängliche Welt erhebt, und dass der ,Traktat' und alle jene Stellen des Buches, welche vom Geist, von der Kunst und von den ,Unsterblichen' handeln, der Leidenswelt des Steppenwolfes eine positive, heitere, überpersönliche und überzeitliche Glaubenswelt gegenüberstellen, dass das Buch zwar von Leiden und Nöten berichtet, aber keineswegs das Buch eines Verzweifelten ist, sondern das eines Gläubigen."

Nachfolgend einige unkommentierte Äußerungen zum *Steppenwolf* seit seiner Veröffentlichung im Jahr 1927:

„Der „Steppenwolf-Roman", dieses Unikum von Dichtung, ist Hesses jüngste und mächtigste Inkarnation."

(Hugo Ball: Ein mythologisches Ungetier, 1927)

„Dies Werk spricht in scharfen, erschütternden, phantastischen und klaren Worten zu uns, es hat eine wudnerbare Höhe über jener einst seinen Dichter umfangenden Sentimentalität erreicht (die ihm jetzt nur wertvoller erscheint als etwa überhaupt keine Gefühle zu haben).

(Alfred Wolfenstein: Wölfischer Traktat, 1927)

„In dem erschütternden, Wort für Wort zutreffenden „Tractat vom Steppenwolf" wird die Natur unseres verdammten Herzens so erschöpfend entlarvt [...]"
(Felix Braun: Hermann Hesses neues Buch, 1927)

„Der Steppenwolf stellt in mancher Hinsicht ein Unikum dar, dass weder literaturgeschichtlich noch auch in den Rahmen von Hesses Gesamtwerk leicht einzuordnen ist."
(Beda Allemann: Tractat vom Steppenwolf, 1961)

„Ein Buch der Lebenskrise, der Künstlerkrise, der Gesellschaftskrise."
(Hans Mayer: Hermann Hesse „Steppenwolf", 1964)

„Aus der deutschen Sache, die den Deutschen heute gar nicht mehr so nahe liegt, ist neuerdings eine amerikanische Mode geworden:
(...) Eine Beatband nannte sich nach Hesses Roman »Steppenwolf« und drang mit dem Song »Born to be wild« bereits auf den dritten Platz der Hit-Liste vor (...).
In Deutschland hatte die Beliebtheit des Spätromantikers um 1957 seinen Höhepunkt erreicht."
(aus: Spiegel Nr.40/1968)

„Harry Haller, der Steppenwolf, entziffert im magischen Theater Aufforderungen, die, seltsam vorweggenommen, den Wortspielen und Graffiti an heutigen Hauswänden gleichen: »Genussreicher Selbstmord - Du lachst dich kaputt«. Harry sehnt sich, die Zeit zu verlassen und einzugehen in die ihm gemäßere Wirklichkeit seiner Seele, die Welt ohne Zeit. Da klingt Sehnsucht nach Einsamkeit mit, Sehnsucht nach beschaulichem Leben, was dort besonders gedeiht, wo die Tendenz der Gegenwart als schlechthin lebensfeindlich empfunden wird und das

Subjekt seinen Platz in ihr nicht finden kann, auch nicht einnehmen will."

(Leona Siebenschön in Psychologie Heute Nr.8/1982)

„Der Steppenwolf ist eine Abrechnung, die bei einer versöhnlich gestimmten Sprache, im Lokalkolorit einer schweizerisch anmutenden Gediegenheit mit ihren guten alten Weinen und Bürgerlichkeiten - auch sprachlichen - eine ungeheuer subversive Darstellung der Welt ist. Aber immer noch dieser Welt mit einer Liebe anhängend, sodass es unvorstellbar ist, dass sie ganz untergeht. Der Steppenwolf ist aus Anhänglichkeit geschrieben und mit dem Hoffnungsschmerz um ihr Weiterbestehn."

(Arnold Stadler in Volltext, Dezember 2004/Januar 2005)

4.3 Ein Gang durch den Roman

„Ich kann und mag natürlich den Lesern nicht vorschreiben, wie sie meine Erzählung zu verstehen haben", schreibt Hesse in seinem Nachwort zum *Steppenwolf*. „Möge jeder aus ihr machen, was ihm entspricht und dienlich ist! Aber es wäre mir doch lieb, wenn viele von ihnen merken würden, dass die Geschichte des Steppenwolfes zwar eine Krankheit und Krisis darstellt, aber nicht eine, die zum Tode führt, nicht einen Untergang, sonder das Gegenteil: eine Heilung."

Vorwort des Herausgebers

Der „Steppenwolf" hinterlässt ein Manuskript

Ein fiktiver Herausgeber berichtet, wie ein fünfzigjähriger Mann im bürgerlichen Haus seiner Tante eine kleine, möblierte Mansardenwohnung mietet und dort ein ohne Kontakt zum sozialen Gefüge der Stadt ein Leben ohne Beruf und tägliche Pflichten führt. Dieser

Harry Haller, der sich selbst als Steppenwolf bezeichnet, besucht Bibliotheken und Konzerte und ist eines Tages ebenso schnell verschwunden, wie er aufgetaucht ist. Zurück bleibt ein Manuskript, das Haller während seines Aufenthaltes in der Stadt geschrieben hat.

Harry Hallers Aufzeichnungen 1

Die in der Ich-Form geschriebenen Aufzeichnungen Hallers tragen das Motto „Nur für Verrückte" und geben zunächst Aufschluss

Haller fühlt sich aufgrund persönlicher Schicksalsschläge als „Steppenwolf"

über Hallers früheres Leben: seine Ehe ist bereits vor langer Zeit gescheitert, seine Frau wurde geisteskrank. Haller hat sich als Schriftsteller nationalistischen Strömungen entgegengestellt und wurde dafür mit Hasstiraden gestraft. Als „Steppenwolf" fühlt er sich, als einen Eremiten inmitten einer Welt, deren Ziele er nicht teilt, und deren Freuden ihn nicht locken. Er führt den Vergleich mit einem Tier an, das seine Heimat, Luft und Nahrung nicht mehr findet, weil es sich in eine ihm fremde und unverständliche Welt verirrt hat.

Eines Tages sieht Haller an einer sonst glatten grauen Mauer ein „kleines hübsches Portal mit einem Spitzbogen", und über dem Portal erscheint ein helles Schild, auf welchem mit Lichtbuchstaben die Worte „Magisches Theater. Eintritt nicht für jedermann" aufleuchten. Auf dem regennassen, spiegelnden Asphalt entziffert er später ein paar farbige Lichtbuchstaben und liest: „Nur für Verrückte!" Aber plötzlich ist alles wieder verschwunden. Als er am selben Abend wieder an dieser alten Mauer vorbeikommt, sind Tor und Lichtbuchstaben verschwunden. Jedoch kommt ihm ein Mann mit einem Bauchladen und einem Plakat entgegen: „Anarchistische Abendunterhaltung! Magisches Theater! Eintritt nicht für jedermann." Von diesem Mann bekommt Haller ein auf schlechtem Papier gedrucktes kleines Buch. Es ist der *Tractat vom Steppenwolf. Nur für Verrückte.*

Traktat vom Steppenwolf

Der Traktat offenbart Hallers Wesen

Zu seiner großen Überraschung behandelt der Text eine psychologische Analyse seiner eigenen Schicksalsproblematik. Der Steppenwolf, so sagt es der Traktat, stehe, seiner eigenen Auffassung zufolge, gänzlich außerhalb der bürgerlichen Welt, er kenne weder Familienleben noch sozialen Ehrgeiz. Mit Bewusstsein verachte er den Bürger und sei stolz darauf, keiner zu sein. Er lebe aber dennoch in mancher Hinsicht ganz und gar bürgerlich, er habe Geld auf der Bank und unterstütze arme Verwandte, er kleide sich zwar sorglos, aber doch immer anständig und unauffällig, er versuche mit der Polizei, dem Steueramt und ähnlichen Mächten auszukommen, lebe also niemals in den Provinzen, in denen keine Bürgerlichkeit mehr existiert.

Der Traktat gewährt Haller Aufschluss über seine eigene Wesensspaltung in Göttliches und Teuflisches, Glücksfähigkeit und Leidensfähigkeit, in Wolf und Mensch. Der Text stellt heraus, dass eine solche Zweiteilung eine grobe Vereinfachung sei und dass das Leben eines Menschen sich nicht bloß zwischen zwei Polen, „etwa dem Trieb und dem Geist, oder dem Heiligen und dem Wüstling" abspiele, sondern „zwischen Tausenden, zwischen unzählbaren Polpaaren".

Bürger ←→ Steppenwolf

Dem Steppenwolf stellt der Traktat den Bürger gegenüber und schildert ihn als „ein Geschöpf von schwachem Lebensantrieb, ängstlich, jede Preisgabe seiner selbst fürchtend, leicht zu regieren. Er hat darum an Stelle der Macht die Majorität gesetzt, an Stelle der Gewalt das Gesetz, an Stelle der Verantwortung das Abstimmungsverfahren." Dieses schwache und ängstliche Wesen Bürger könne sich eigentlich nicht halten. Warum es aber niemals untergeht und zuzeiten sogar anscheinend die Welt beherrscht, warum das Bürgertum lebt, stark ist und gedeiht, auf diese Frage hat der Traktat eine einfache Antwort: „Wegen der Steppenwölfe".

Haller wird im Traktat jedoch ebenso offenbart, dass er ein *Selbstmord* Selbstmörder sei, jedoch nicht unbedingt einer, der sich im wörtlichen Sinne das Leben nehmen müsste: „Aber dem Selbstmörder ist es eigentümlich, dass er sein Ich, einerlei, ob mit Recht oder Unrecht, als einen besonders gefährlichen, zweifelhaften und gefährdeten Keim der Natur empfindet, dass er sich stets außerordentlich exponiert und gefährdet vorkommt, so, als stünde er auf allerschmalster Felsenspitze, wo ein kleiner Stoß von außen genügt, um ihn ins Leere fallen zu lassen."

Harry Hallers Aufzeichnungen 2

Ein junger Professor, den Haller von einigen früheren Gesprä- *Streit über Goethe* chen kennt, lädt ihn zum Essen in seine Wohnung ein. Doch der Besuch endet im Streit, da sich Haller negativ über ein kitschiges Porträt Johann Wolfgang von Goethes äußert und damit Hausherrin beleidigt.

Wenig später lernt Haller in einem Vorstadtwirtshaus eine seltsame Prostituierte kennen. Diese Hermine führt ein unkonventionelles Leben, bringt Haller von seinen immer wieder mal aufkeimenden Selbstmordgedanken ab und führt in stattdessen in ihre eigene Welt aus Tanz, Musik und Sex. Über sie trifft Haller auf Maria, mit der er ebenfalls ein Verhältnis beginnt, und auf deren Freund Pablo, einen Musiker. Durch die neuen Bekanntschaften wird *Hermine, Pablo und das „Magische Theater"* Haller klar, wie angepasst und bigott er im Grunde doch gelebt hat und dass seine Rebellion gegen das Bürgerliche nur sehr oberflächlich war. Im Drogenrausch hält Pablo Haller einen Spiegel vor, dessen Bild Harry auslachen soll. Der Spiegel verfärbt sich plötzlich grau und wird undurchsichtig. Nach dieser

Vernichtung seiner eigenen Persönlichkeit stellt sich Harry vor einen anderen Spiegel, und aus dessen Bild lösen sich Zahllose Harrys heraus, alte und junge, Abbilder seines eigenen Ich. In Pablos „magischem Theater" läuft Harry an vielen Türen vorbei und und kommt in ein Reich ohne Zeit und Realität. In phantastischen Bildern erlebt er eine Maschinenschlacht und die grausame Vision eines zukünftigen Krieges, eine Welt der ungezählten in ihm ruhenden Lebensmöglichkeiten. Er erfährt die „Anleitung zum Aufbau der Persönlichkeit" und erlebt die „Wunder der Steppenwolfdressur". Er hört Mozart kommen und erlebt mit ihm den letzten Akt des „Don Giovanni", er hört Mozart lachen, das Lachen der Unsterblichen, einen Klang aus der „ewigen Gegenwart".

Das Spiel seines Lebens

Doch Harry ist dafür nicht bereit. Aus Eifersucht gegenüber ersticht er im Drogenrausch (scheinbar) Hermine und wird zur Strafe ausgelacht. Pablo ist enttäuscht von Harry, der sein „Magisches Theater" mit „Wirklichkeitsflecken" besudelt.

Mit Pablo, der Hermine als Spielfigur in seine Westentasche steckt, sitzt Harry wenig später wieder zusammen, raucht noch eine von den süßen, schweren Zigaretten und beschließt: „Einmal würde ich dieses Figurenspiel besser spielen. Einmal würde ich das Lachen lernen. Pablo wartete auf mich. Mozart wartete auf mich."

4.4 Wort- und Sacherklärungen

mietete das Zimmer, mietete noch die Schlafkammer zu: „Die sehr nette alte Dame ist Frl. Martha Ringier, eine in Basel lebende Lenzburgerin. Bei ihr [Lothringer Straße 7] habe ich eine Winter lang [11.11.1924-20.3.1925] in Basel als Mieter gewohnt und dort, in einer sehr lieben kleinen Mansardenwohnung von 2 Stuben, die erste Hälfte des ‚Steppenwolf' geschrieben. Wenn ich heimkam und die Treppen hinauf stieg, stand auf dem Vorplätzchen vor der Glastür im 2. Stock die schöne Araukarie." (Brief um 1948; in: Materialien zu Hermann Hesses *Der Steppenwolf*. Frankfurt a. M.: Suhrkamp 1998)

Harry Haller: Die Anfangsbuchstaben des Namens entsprechen denen des Dichters Hermann Hesse.

Siamesischer Buddha: Anspielung auf das, was Hesse im Hause Leuthold gesehen hatte. Hesse hatte Alice und Fritz Leuthold auf seiner Indienreise kennen gelernt. In ihrem Haus in Zürich war Hesse vor allem in den zwanziger Jahren oft für lange Zeit zu Gast. Die Leutholds waren mehrere Jahre in Siam. Ihr Haus in der Züricher Sonnenbergstraße hatten sie Suon Mali genannt.

Mahatma Gandhi: Mohandas Karamtschand Gandhi (1869-1948), indischer Politiker, Vertreter der Gewaltlosigkeit.

„Sophiens Reise von Memel nach Sachsen": von Johann Timotheus Hermes (1738-1821), 5 Bände, Leipzig 1769/73.

eine junge, sehr hübsche Dame: vermutlich Anspielung auf Ruth, Hesses zweite Frau, die im Hotel Krafft in Basel von 1923 bis 1925 eine kleine Wohnung hatte. Im *Steppenwolf* heißt die Dame Erika und ist Harry Hallers Geliebte.

Dem Beispiel Adalbert Stifters zu folgen: Von qualvollem Leiden geplagt, griff Stifter in der Nacht vom 18. auf den 19. Januar 1868 nach einem Rasiermesser und brachte sich am Hals einen Schnitt bei, an dessen Folgen er starb.

Gasthaus zum Stahlhelm: Hesses Weinlokal während seiner zwei Basler Winter war der Helm am Fischmarkt.

Giottosche Engelscharen: Giotto di Bondone (1266-1337), italienischer Maler.

Hamlet und die bekränzte Ophelia: Gestalten aus dem Trauerspiel „Hamlet" von Shakespeare.

Der Luftschiffer Gianozzo: Titelgestalt aus Jean Pauls „Komischer Anhang zum Titan. Zweites Bändchen. II: Des Luftschiffers Gianozzo Seebuch. Jean Pauls sämtliche Werke." Hist.-krit. Ausgabe. I. Abteilung, 8. Band. Weimar 1933, S. 419-502.

Attila Schmelzle: Titelgestalt aus Jean Pauls „Des Feldpredigers Schmelzle Reise nach Flätz", Reclam 1995.

Der Borobudur: buddhistisches Heiligtum in Mitteljava, die großartigste Tempelanlage der indischen Kunst, um 800 erbaut, 1835 neu entdeckt.

Gubbio: Stadt in Mittelitalien (Umbrien).

Louis Seize: der schon in den sechziger Jahren des achtzehnten Jahrhunderts einsetzende, vom Rokoko in den Klassizismus übergehende Stil der französischen Kunst.

Den Unsterblichen: „Inhalt und Ziel des ‚Steppenwolf' sind nicht Zeitkritik und persönliche Nervositäten, sondern Mozart und die Unsterblichen." (Aus dem Brief an P. A. Riebe, 1931 oder 1932.)

im buddhistischen Yoga: Vgl. „Yoga-Veda" in den Erklärungen zu „Siddhartha".

Mozart: „Die Opern von Mozart sind für mich der Inbegriff von Theater, so wie man als Kind, noch eh man es gesehen hat, sich ein Theater vorstellt: wie der Himmel, mit süßen Klängen, mit Gold und allen Farben [...] Wie oft ich die Zauberflöte und den Figaro gehört habe, das kann ich nicht mehr zählen." (Aus dem Brief an Emmy Ball-Hennings v. 10.1.1929.)

Im Garten Gethsemane: Aus der Bibel, vergleiche: Mt 26, 31 ff; Mk. 14, 26 ff; LK 22, 39 ff; Jh. 18, 1 ff.

„O selig, ein Kind noch zu sein!": Refrain aus dem lyrischen Zarenlied „Sonst spielt ich mit Szepter" in Lortzings komischer Oper „Zar und Zimmermann".

Ich Steppenwolf trabe und trabe: Gedicht Hesses aus dem Winter 1925/26.

meinen bürgerlichen Ruf samt meinem Vermögen: Hesse war während des Ersten Weltkriegs in den Ruf eines Gesinnungslumpen geraten; die Inflation hatte ihm seine Einnahmen aus Deutschland wertlos gemacht.

Nietzsches Herbstlied: Friedrich Nietzsche, „Der Herbst": „Dies ist der Herbst: der – bricht dir noch das Herz! Fliege fort! Fliege fort!"

der edle Don Quichotte: Held des Romans vom Miguel de Cervantes Saavedra (1547-1616).

Schwarzer Adler: Gasthaus in Zürich.

Übler Kerl und vaterlandsloser Geselle: „...wie ein Ritter von trauriger Gestalt eines d'Annunzio-Rappaport zieht der Drückeberger Hermann Hesse daher, als vaterlandsloser Gesell, der längst innerlich den Staub der heimischen Erde von seinen Schuhsohlen geschüttelt hat!" heißt es in einem anonymen Aufsatz im „Kölner Tageblatt", Nr. 610 v. 24.10.1915.

Matthisson: Friedrich von Matthisson (1761-1831), Dichter.

Bürger: Gottfried August Bürger (1747-1794), Dichter.

Gedichte an Molly: von G. A. Bürger.

Vulpius: Anspielung auf Christiane Vulpius (1765-1816), die Frau Goethes.

„Dämmerung senkte sich von oben": Gedicht von Goethe.

Die Zauberflöte: Im Winter 1925/26 erlebte Hesse in Zürich Mozarts „Zauberflöte".

Odeon-Bar: Das „Café Odeon" in Zürich, als Treffpunkt von Schriftstellern, Malern und Emigranten einst weltberühmt, stammt aus dem Jahre 1911. Es war im Mai 1972 geschlossen, im Dezember aber zusammen mit einer Boutique verkleinert wieder eröffnet worden.

Alter Franziskaner: Gasthaus in Zürich.

Garibaldi: Giuseppe Garibaldi (1807-1882), italienischer Freiheitsheld.

Schuhnestel: Schnürsenkel.

Hotel Balances: Hotel in Zürich.

Maskenball in den Globussälen: Hesse nahm am 20. Februar 1926 am Kunsthaus-Maskenfest im Hotel Baur au Lac in Zürich teil. Die Bezeichnung Globussäle hat Hesse vermutlich von der mit Hunderten von kleinen Spiegeln besetzten Kugel abgeleitet, die von der Decke herabhing und ihre Lichter wie kleine Blitze auf die tanzenden Paare warf.

Die herrliche Stimme einer Bachsängerin: Ilona Durigo (1881-1943), ungarische Sängerin (Altistin), gefeierte Interpretin Bachs, setzte sich besonders für das Liedschaffens Schoecks ein; seit 1914 mit Hesse eng befreundet, 1921-1937 Lehrerin am Züricher Konservatorium.

Cécil-Bar: in Zürich.

Christoffer: Christophorus, Heiliger, nach der Legende ein Riese, der das Christuskind durch einen Strom trug und von ihm getauft wurde.

Philipp von Neri: Filippo Neri (1515-1595), Ordensstifter, gründete 1575 die Weltpriester-Kongregation der Oratorianer.

Walt Whitman: amerikanischer Dichter (1819-1892).

Duett für zwei Bässe von Händel: aus Georg Friedrich Händels (1685-1759) Oratorium „Israel in Ägypten".

hermaphroditisch: zweigeschlechtig (nach dem zum Zwitter gewordenen Sohn der griechischen Gottheiten Hermes und Aphrodite).

„Spiegelein, Spiegelein in der Hand": Analogiebildung zu den Versen im grimmschen Märchen „Schneewittchen": „Spieglein, Spieglein an der Wand, wer ist die Schönste im ganzen Land?"

mein Schulkamerad Gustav: Anspielung auf Hesses Maulbronner Schulkameraden Gustav Zeller (1877-1932). Zeller war später Studienrat in Hamburg.

Der Wind, das himmlische Kind: aus Grimms Märchen „Hänsel und Gretel".

Tat twan Asl: [Sanskrit: Das bist du.] Aus Chandogya Upanishad II. 3. Hauptlehre der Upanishaden und des Wedante-Systems. Der Satz will besagen: Das Absolute ist mit dir Wesenseins.

Mutabor: [lat.] Ich werde verwandelt werden. Zauberwort in Wilhelm Hauffs (1802-1827) Märchen „Die Karawane (die Geschichte vom Kalif Storch)": „Wer von dem Pulver in dieser Dose schnupft und dazu spricht ‚Mutabor', der kann sich in jedes Tier verwandeln und versteht auch die Sprache der Tiere. Will er wieder in seine menschliche Gestalt zurückkehren, so neige er sich dreimal gen Osten und spreche jenes Wort; aber hüte dich, wenn du verwandelt bist, dass du nicht lachest, sonst verschwindet das Zauberwort gänzlich aus deinem Gedächtnis, und du bleibst ein Tier."

Kamasutra(m): altindischer Text, ein Lehrbuch der Liebeskunst von Watsjajana.

Untergang des Abendlandes: Titel eines Buches von Oswald Spengler (1880-1936), das 1918-1922 erschien.

Des Prinzen Wunderhorn: Analogiebildung zum Titel der Volksliedersammlung von Arnim und Brentano „Des Knaben Wunderhorn". Anspielung auf das 1922 erschienene Buch „Bildnerei der Geisteskranken. Ein Beitrag zur Psychologie und Psychopathologie der Gestaltung" von Hans Prinzhorn (1886-1933), Psychiater in München.

„O Freunde, nicht diese Töne!": Titel eines Aufsatzes Hesses, der in der Nr. 1487 vom 3.11.1914 der „Neuen Zürcher Zeitung" erschienen war und Hesses Einstellung zum Krieg deutlich gemacht hatte.

„Don Juan": „Don Giovanni" (1787), Oper von Mozart.

Schubert: Franz Schubert (1797-1828), Komponist.

Hugo Wolf: Komponist, Musikkritiker (1860-1903), als leidenschaftlicher Anhänger Wagners und Liszts und später Bruckners geriet er in Gegensatz zu Brahms, da er die neuen Ausdrucksformen Wagners auf das Klavierlied zu übertragen suchte.

Chopin: Frédéric Chopin (1810-1849), polnischer Komponist.

Brahms: Johannes Brahms (1833-1897), Komponist.

Richard Wagner: Komponist (1813-1883).

Dass Adam den Apfel gefressen hat: Bibelanspielung, vergleiche: 1 MOS 3, 6.

Krischna: [Sanskrit: Der Schwarze], ein mythischer indischer König, die 8. Irdische Erscheinungsform (awatara) des Gottes Wischnu. Viele Legenden erzählen von seinen Heldentaten und Liebesabenteuern.

4.5 Zum Verständnis des Romans

4.5.1 Figuren des Romans
Harry Haller

Harry Haller ist etwa 50 Jahre alt und wird als nicht sehr groß und eher unsorgfältig gekleidet beschrieben. Er leidet an Gicht und

Selbstzweifel und einander bekämpfende Persönlichkeitsmerkmale

den daraus resultierenden Schmerzen. Einer geregelten Arbeit geht er nicht nach, er schläft lange und besucht Bibliotheken, Konzerte und Vorträge. Er ist ein bereister Publizist und Gelehrter. Seine Ehe scheiterte, seine Frau wurde geisteskrank. Von den Menschen um sich herum hat Haller sich zwar zurückgezogen und bleibt meist für sich, im Grunde sehnt er sich jedoch nach Gesellschaft. Seiner Meinung nach bekämpfen sich seine beiden Persönlichkeiten: der „normale" Intellektuelle und das, was er den „Steppenwolf" getauft hat. Ihn quälen Selbstzweifel, oft sogar Selbsthass. Erst durch Hermine lernt er die schönen Seiten eines lockeren Lebensstils kennen.

Zum Entwicklungsgang Hallers verweist Egon Schwarz auf die Parallelität zu Goethes „Faust". Er

Parallelen zu Goethes „Faust"

will jedoch diese Analogie weder als Abhängigkeit noch als strenge Übereinstimmung, sondern lediglich als Hilfskonstruktion verstanden wissen, die das Verständnis erleichtert: „Haller ist zu Anfang der Handlung gleich Faust ein alternder Mann, der die gesamte intellektuelle Bildung der Zeit in sich aufgenommen hat. Bei beiden ist jedoch die Frage bitterster Ekel am Leben, dem sie durch Selbstmord ein Ende zu bereiten gewillt sind. Sie werden aber vor der Selbstvernichtung durch das rechtzeitige Eingreifen eines übersinnlichen Wesens bewahrt, mit dem sie ein das Verbotene bedenklich streifendes Übereinkommen treffen, einen an die Überlieferung gemahnenden Teufelspakt. Beide, Faust sowohl wie Haller, erleben es nun, dass sie von ihrem neuen Gefährten in jene Gebiete der Existenz eingeführt werden, deren Kenntnis sie bislang zu ihrem Schaden allzu sehr vernachlässigt haben; es handelt sich um die verwandten Sphären der Weltkenntnis, der Liebe und der Sinnlichkeit. Das Liebesverhältnis zwischen Haller und Maria erinnert an Faust und Gretchen, der große Maskenball an die Walpurgisnacht![17]

Hermine

Hübsch, androgyn und unzufrieden

Hermine wird als freundliche und hübsche, aber auch androgyne Gestalt charakterisiert, die als Prostituierte arbeitet und sich beim Maskenball als Mann verkleidet. Über sie lernt Haller Pablo und Maria – und eine ganz andere, unbeschwertere Seite des Lebens kennen. Auch Hermine ist mit sich und ihrem Leben nicht ganz im Reinen.

Maria

Verkörperung der Sinnlichkeit

Als junge Frau, die ebenfalls als Prostituierte arbeitet, verkörpert sie geradezu die Sinnlichkeit und das körperliche Verlangen. Haller ist fasziniert von ihr.

Pablo

Führer ins „Magische Theater"

Pablo ist der Saxophonist und Star einer Jazzkapelle und mit Maria und Hermine befreundet. Der bisexuelle Schönling zeigt Interesse an Harry, worauf dieser jedoch nicht eingeht. Im Laufe der Handlung versorgt Pablo Haller mit Drogen und zeigt ihm so schließlich den Weg in sein „Magisches Theater".

4.5.2 Interpretationsansätze

Humor

Der Traktat deklariert den Humor als Lösung für das Dilemma des Steppenwolfs. Durch Humor kön-

Ausgeglichenheit durch Romantische Ironie

ne er zu Ausgeglichenheit finden: „In der Welt zu leben, als sei es nicht die Welt, das Gesetz zu achten und doch über ihm zu stehen, zu besitzen, ‚als besäße man nicht', zu verzichten als sei es kein Verzicht – alle diese beliebten und oft formulierten Forderungen einer hohen Weisheit ist einzig der Humor zu verwirklichen fähig." Die Haltung, die Hesse hier als Humor bezeichnet, entspricht vollkommen der „Romantischen Ironie", jenem Erheben über die eigenen Schwächen und Unfähigkeiten in der Erkenntnis des unüberbrückbaren Zwiespalts von Ideal und Wirklichkeit.

Allerdings ist der Mensch nur dann zum Aufbringen dieser Art Humors in der Lage, wenn er sich mit seinen Problemen auseinandersetzt und diese überwinden möchte. Dazu jedoch ist Selbsterkenntnis nötig, die laut Traktat auf folgenden Wegen durch Selbstbespiegelung, die Begegnung mit den Unsterblichen und das magische Theater erreicht werden kann: „Möglich", heißt es dort, „dass er eines Tages sich erkennen lernt, sei es, dass er einen unserer kleinen Spiegel in die Hand bekomme, sei es, dass er den Unsterblichen begegne oder vielleicht in einem unserer magischen Theater dasjenige finde, wessen er zur Befreiung seiner verwahrlosten Seele bedarf."

Selbsterkenntnis ist Voraussetzung

Harry Haller muss also zunächst sein inneres Chaos verstehen und akzeptieren, wenn er glücklich in der Welt leben will. Er kann sogar den „Sprung ins Weltall" wagen, um selbst zu den Unsterblichen zu zählen.

Diese Aussage bestätigt die Vermutung, dass der Traktat wahrscheinlich von den Unsterblichen verfasst wurde. Nur sie können eine so umfassende und weitsichtige Betrachtung anstellen. An dieser Stelle wird jedoch auch erkennbar, dass Hesse, wie er in einem Brief an Alfred Kubin aus dem Jahre 1932 schrieb, unter Humor nicht das versteht, „was deutsche Professoren so nennen, sondern etwas verflucht Dorniges und Hartes".

Krieg

Im *Steppenwolf* findet sich nicht zuletzt eine deutliche Warnung vor einem erneuten großen Krieg. In einen *Steppenwolf*-Band schrieb Hesse folgende Widmung: „In diesem Buch habe ich den zweiten Weltkrieg mit lauten Warnungszeichen an die Wand gemalt und bin dafür ausgelacht worden." Bereits im Juni 1931 hatte er an Josef Englert geschrieben: „Mich überraschen ihre Mitteilungen über den Kurs auf einen neuen Weltkrieg gar nicht – ich habe seit 1919 nichts anderes gesehen und geglaubt, und habe seither nicht nur im *Steppenwolf*, sondern in ungezählten Aufsätzen, über deren ,Pessimismus' sich die Redakteure oft lustig machten, davon gesprochen und davor gewarnt." Und in einem Brief vom Sommer 1943 stellte Hesse enttäuscht fest: „Selten merkt einer, dass das Buch außerdem von dem Krieg handelt, den er 16 Jahre vorher mit jedem Jahr näher kommen sah."

Drei Jahre später verfasste Hesse das Geleitwort zu einer Ausgabe seiner politischen Betrach-

Frühe Warnung vor einem erneuten Weltkrieg

tungen zum Thema „Krieg und Frieden". Hierin brachte er seine Verbitterung und Enttäuschung über die vielen unbeachteten Warnungen zum Ausdruck: „Wer sich mit dem Ganzen meiner Lebensarbeit befasst, der wird bald merken, dass auch in den Jahren, aus denen keine aktuellen Aufsätze vorhanden sind, der Gedanke an die unter unsern Füßen glimmende Hölle, das Gefühl der Bedrohtheit durch nahe Katastrophen und Kriege mich nie verlassen hat. Vom Steppenwolf, der unter andrem ein angstvoller Warnruf vor dem morgigen Kriege war, und der entsprechend geschulmeistert oder belächelt wurde, bis in die scheinbar so zeit- und wirklichkeitsferne Bilderwelt des Glasperlenspiels hinein wird der Leser immer wieder darauf stoßen, und auch in den Gedichten ist dieser Ton immer wieder und wieder zu hören."

Den Ursprung der Kriegsmoral sieht Hesse ebenso wie seine

Bürger als Kriegstreiber

Figur Haller in der bürgerlichen Gedankenwelt verankert. Ein Mittel gegen deren Begeisterungsfähigkeit für kriegerische Auseinandersetzungen haben sie jedoch beide nicht.

„Ich habe", heißt in Hallers Aufzeichnungen, „ein paar Mal die Meinung geäußert, jedes Volk und sogar jeder einzelne Mensch müsse, statt sich mit verlogenen politischen ‚Schuldfragen' in Schlummer zu wiegen, bei sich selber nachforschen, wie weit er selber durch Fehler, Versäumnisse und üble Gewohnheiten am Kriege und an allem andern Weltelend schuldig sei, das sei der einzige Weg, um den nächsten Krieg vielleicht zu vermeiden ... Aber keiner will dies, keiner will den nächsten Krieg vermeiden, keiner will sich und seinen Kindern die nächste Millionenschlächterei ersparen, wenn er es nicht billiger haben kann. Und so wird es also weitergehen, und der nächste Krieg wird von vielen tausend Menschen Tag für Tag mit Eifer vorbereitet."

Psychoanalytische Ansätze

Traktat als Abstrakt der Psychoanalyse C. G. Jungs

Der Traktat macht dem Steppenwolf Haller klar, dass seine Persönlichkeit keineswegs aus einer Einheit besteht. Selbst eine Einteilung in Beispielsweise „gut" und „schlecht", sei eine viel zu grobe Vereinfachung.

In der Psychoanalyse von C. G. Jung stehen sich bezogen auf die menschliche Persönlichkeit das „Ich" und sein „Schatten" gegenüber. Beide entwickeln sich parallel, der Schatten jedoch wird vom Menschen verdrängt. Beispiel hierfür ist Haller, der den Humor verdrängt hat und erst mühsam wieder lernen muss, mit Amüsement umzugehen. Der Traktat kann mit seinen Erklärungen über die Vielschichtigkeit der Seele als Zusammenfassung von Jungs Psychoanalyse gesehen werden. Im Magischen Theater begegnet Haller den Schatten seiner Seele und muss lernen, sich mit diesen auseinanderzusetzen.

Haller begegnet im Magischen Theater seinem Schatten

Zur Verdeutlichung der Vielschichtigkeit des Menschen führt der Verfasser des Traktats das Gleichnis vom Garten mit tausenderlei Bäumen, Blumen und Kräutern an. „Wenn der Gärtner dieses Gartens keine andre botanische Unterscheidung kennt als ‚essbar' und ‚Unkraut', dann wird er mit neun Zehnteln seines Gartens nichts anzufangen wissen, er wird die zauberhaftesten Blumen ausreißen, die edelsten Bäume abhauen oder wird sie doch hassen und scheel ansehen. So macht es der Steppenwolf mit den tausend Blumen seiner Seele."

Mit der Prognose, dass der schwere Weg des Steppenwolfs zu den Unsterblichen zu zielen scheint, endet der Traktat.

Hallers Lernprozess

In dem Teil in Hallers Manuskript, der zwischen dem Traktat und dem magischen Theater steht, wird der Lernprozess Hallers deutlich. Hier begegnet Haller einer weiteren Darstellung seiner Persönlichkeit, einem Gedicht in Knittelversen, das er vor Wochen aufgeschrieben hat. Beides motiviert ihn, sich „im Todesfeuer einer erneuten Selbstschau" zu wandeln, eine neue Ich-Werdung zu begehen.

Neue Ich-Werdung

In einer offensichtlich bekannten Prostituiertenkneipe begegnet Haller dann seiner zukünftigen Lehrmeisterin. Ihr Name Hermine ist das Femininum von Hesses eigenem Vornamen. Bereitwillig folgt er den Wünschen und Befehlen dieses Mädchens. Ihre Verheißung, dass er sie lieben und dass er auch ihren letzten Befehl erfüllen und sie töten werde, verweist bereits auf das magische Theater.

Durch Hermine, die abseits der bürgerlichen Gesellschaft lebt, lernt Haller viel über sich und das Leben. Sie führt ihn hinein in neue Lebensbereiche, lehrt ihn, sich darin wohlzufühlen und diese anzuerkennen. Haller nennt sie „eine Tür ..., durch die das Leben zu mir hereinkam!" „Sie war die Erlösung, der Weg ins Freie. Sie musste mich leben lehren oder sterben lehren, sie, mit ihrer festen und hübschen Hand, musste mein erstarrtes Herz antasten, damit es unter der Berührung des Lebens entweder aufblühe oder in Asche zerfalle."

Hermine = Lehrerin des Lebens

**Maria =
Lehrerin der Sexualität**

Durch Hermine lernt Harry das Tanzen, durch sie macht er die Bekanntschaft mit Maria, einer ebenso seltsamen Prostituierten wie sie selber. Maria übernimmt ebenfalls die Rolle der Lehrerin. Sie bringt Haller die körperliche Liebe näher, wie es schon Kamala mit Siddhartha getan hat.

Durch Hermine lernt Harry auch den Saxophonisten Pablo kennen. Musik ist für Pablo dazu da, dass sie in die Beine fährt und ins Blut geht. Dieser junge Musiker wird in Hallers Aufzeichnungen als ein einsilbiger Mensch dargestellt. Haller hält ihn zunächst sogar für dumm; ein Mensch, der nicht viel mehr als das Spiel auf seinem Instrument und die Künste der Liebe versteht, ein „vergnügtes Kind", „schön von Wuchs und schön von Gesicht, weitere Vorzüge aber konnte ich an ihm nicht entdecken".

**Pablo = Lehrmeister der
Persönlichkeit**

Erst zu Beginn des magischen Theaters, als Pablo scharfsinnig über das Wesen der Persönlichkeit spricht und Haller dieser Wandel auffällt, meint er zu erkennen: „War nicht vielleicht ich es, der ihn sprechen machte, der aus ihm sprach? Blickte nicht auch aus seinen schwarzen Augen nur meine eigene Seele mich an ... wie aus den grauen Augen Hermines? ... Er, den ich nie zusammenhängend hatte reden hören, den kein Disput, keine Formulierung interessierte, dem ich kaum ein Denken zugetraut hatte, er sprach nun, er redete mit seiner guten, warmen Stimme fließend und fehlerlos."

**Die Figuren helfen, Hallers
Leben neu zu sortieren**

Ähnliches hatte er vorher schon an Hermines Äußerungen festgestellt: „Dies alles waren, so schien mir, vielleicht nicht ihre eigenen Gedanken, sondern die meinigen, die die Hellsichtigkeit gelesen und eingeatmet hatte und die sie mir wiedergab, so dass sie nun Gestalt hatten und neu vor mir standen."

So hat Harry Haller durch seine Lehrmeister Hermine, Maria und Pablo auf beiden Ebenen der Realität, der vitalen wie der magischen, eine Vorbereitung erfahren, die ihn reif macht, ihn der Steigerung der Erlebnisfähigkeit auf einer höheren Wirklichkeitsstufe – im magischen Theater – auszusetzen.

Das magische Theater

„Das erzählerische Prinzip des ‚magischen Theaters‘ leitet sich von der Bilderfolge der Laterna magica ab. Die Zauberlaterne ist diesmal die Seele selber, die die Bilder an die weiße Wand des Bewusstseins wirft. Der Guckkastenmann aber ist Pablo, der bestimmt, welche Bilder heraufbeschworen werden. Es sind ‚Kurzfilme‘, zwischen denen keine logische Verbindung besteht. Die Schilder innerhalb des Textes entsprechen dabei den Druckschriftankündigungen des Themas im Kino. Doch bildet jede der Szenen eine selbstgenügsame kleine erzählerische Ganzheit ...“[14]

Nach einer stürmischen Nacht auf dem Ball öffnet Pablo Harry Haller durch einen Opiumrausch *Drogen ebnen den Weg ins „Magische Theater"* den Weg in ein „magisches Theater". Auch die letzten Vorbereitungen dazu komponiert Hesse in genau aufeinander abgestimmten Bildern. Haller muss, um Hermine zu treffen, in eine Kellerbar hinuntersteigen, die den Namen „Die Hölle" trägt. Von dort gehen beide nach oben, und ehe die Musik endgültig abbricht, führen sie einen langen Hochzeitstanz auf, der die Vereinigung der beiden Lebenspole versinnbildlicht, des geistigen und des sinnlichen. „Ich gehörte ihr", bekennt Haller. „Alle Frauen dieser fiebernden Nacht, alle, mit denen ich getanzt, alle die ich entzündet, alle, die mich entzündet hatten, alle, um die ich geworben, alle, an die ich mich verlangend geschmiegt, alle, denen ich mit Liebessehn-

---

14) Fritz Böttger: Hermann Hesse. Berlin 1974. S. 334

sucht nachgeblickt hatte, waren zusammengeschmolzen und eine einzige geworden, die in meinen Armen lag." Jetzt ist Haller vorbereitet für das außerordentliche Erlebnis, zu dem Pablo ihn einlädt, den Besuch des magischen Theaters, zu dem nur Verrückte Eintritt haben, weil der Besuch den Verstand kostet.

Magisches Denken zur seelischen Neueinstellung

Der Begriff des magischen Denkens ist ein wichtiger in diesem Roman. Doch er taucht nicht nur bereits im Traktat auf, sondern wurde von Hesse schon weitaus früher gebraucht und erläutert. In seinen *Gedanken zu Dostojewskis ‚Idiot'* (1920) beschrieb er das magische Denken als Weg zur „seelischen Neueinstellung". Magisches Denken sei „das Annehmen des Chaos, Rückkehr ins Ungeordnete, Rückweg ins Unbewusste, ins Gestaltlose, ins Tier, noch weit hinter das Tier zurück, Rückkehr zu allen Anfängen. Nicht, um dort zu bleiben, nicht um Tier, nicht um Urschlamm zu werden, sonder um uns neu zu orientieren, um an den Wurzeln unseres Seins vergessene Triebe und Entwicklungsmöglichkeiten aufzufinden, um aufs Neue Schöpfung, Wertung, Teilung der Welt vornehmen zu können. Diesen Weg lehrt kein Programm uns finden, keine Revolution reißt uns die Tore dahin auf. Jeder geht ihn allein, jeder für sich."

Zwei Ebenen des „Magischen Theaters"

Das magische Theater lässt sich auf zwei Ebenen interpretieren. Die offenkundige ist zunächst einmal die Phantasie, die durch den Opiumrausch zu Tage tritt – ein wirrer, drängender und bedrückender Traum. Auf der anderen, der magischen Ebene handelt es sich um die Spiegelung von Hallers Innerem, von der Pablo erklärt: „Sie wissen ja, wo diese andere Welt verborgen liegt, dass es die Welt ihrer eigenen Seele ist, die sie suchen. Nur in ihrem eigenen Inneren lebt jene andere Wirklichkeit, nach der sie sich sehnen. Ich kann ihnen nichts geben, was nicht in ihnen selbst schon existiert, ich kann ihnen keinen anderen Bildersaal öffnen als den ihrer Seele. Ich kann ihnen nichts geben, nur die Gelegenheit, den Anstoß, den Schlüssel. Ich helfe ihnen ihre eigene Welt sichtbar machen, das ist alles."

Nachdem er den Steppenwolf durch das Auslachen seines Abbildes im Spiegel umgebracht

Die menschliche Faszination von Krieg

hat, kommt Haller an einer ganzen Reihe Türen vorbei. Durch eine mit der Aufschrift „Auf zum fröhlichen Jagen! Hochjagd auf Automobile" tritt er ein und nimmt teil an einer Schlacht der Menschen gegen die Maschinen. Auf erschreckende Weise zeigt Hesse hier die menschliche Faszination von Krieg und Zerstörung auf: „Wir warfen die Toten dem Wagen nach. Schon tutete ein neues Auto heran. Das schossen wir gleich von der Straße aus zusammen", so heißt es in den Aufzeichnungen Hallers, des Kriegsgegners. „Komisch", bekennt er, „dass das Schießen so viel Spaß machen kann."

Die nächste Tür, durch die Haller tritt, trägt die Aufschrift „Anleitung zum Aufbau der Persönlichkeit.

Vielschichtigkeit der Persönlichkeit

Erfolg garantiert". Dort erfährt er, wie verschieden sich seine vielen Unter-Ichs durch eine kluge Aufbaukunst zusammensetzen lassen. Der Vorführer, der sich als Schachspieler ausgibt und hinter dem Haller Pablo vermutet, erklärt dazu: „Die fehlerhafte und Unglück bringende Auffassung, als sei der Mensch eine andauernde Einheit, ist ihnen bekannt. Es ist ihnen auch bekannt, dass der Mensch aus einer Menge von Seelen, aus sehr vielen Ichs besteht. Die scheinbare Einheit der Person in diesen vielen Figuren auseinanderzuspalten gilt für verrückt, die Wissenschaft hat dafür den Namen Schizophrenie erfunden. Die Wissenschaft hat damit insofern recht, als natürlich keine Vielheit ohne Führung, ohne eine gewisse Ordnung und Gruppierung zu bändigen ist. Unrecht dagegen hat sie darin, dass sie glaubt, es sei nur eine einmalige, bindende, lebenslängliche Ordnung der vielen Unter-Ichs möglich."

Im „Magischen Theater" wird der bloßen Theorie, die im Traktat vorgestellt wurde, Leben eingehaucht. Haller wird mit der Vielspältigkeit - den „Schatten" - seiner Persönlichkeit konfrontiert und muss lernen, diese zu akzeptieren.

Als die Wirkung des Opiums nachlässt, fühlt Haller sich alt und zerschlagen. Er geht den Gang entlang, an vielen Türen vorbei, an keiner steht mehr eine Inschrift. Als er die letzte Tür öffnet, sieht er wie Pablo und Hermine in leidenschaftlicher Umarmung nackt am Boden liegen. Haller packt die Eifersucht und ersticht die gespiegelte Hermine mit einem gespiegelten Messer.

Mord an Hermine als Scheitern Hallers

Auf der Erlebnisebene des magischen Theaters jedoch ist diese Tat ein Mord, der gesühnt werden muss. Haller ist nicht imstande gewesen, die Bejahung aller Gegensätze und damit das Ziel des magischen Theaters zu erreichen. Er hat vielmehr in diese Bilderwelt Reste bürgerlicher Realität hineingetragen, er hat den „schönen Bildersaal mit der sogenannten Wirklichkeit verwechselt".

Hesse spielt im Folgenden unablässig mit den beiden Ebenen – Realität und Drogenrausch. Als Pablo mit einem Teppich Hermine vor der kühlen Morgenluft zu schützen sucht (Realität), hält es Haller für ein Abdecken der Wunde (Rausch). Als Pablo einen Radioapparat hereinbringt (Realität), glaubt Haller, Mozart komme zurück (Rausch). Mozart-Pablo spielt am Radio. Aber die Musik, es ist das Concerto grosso von Händel, ist hinter den Störgeräuschen kaum noch zu erkennen. Haller ist entsetzt. Da erklärt ihm Mozart: „Sie hören und sehen, Wertester, zugleich ein vortreffliches Gleichnis alles Lebens. Wenn sie dem Radio zuhören, so hören und sehen sie den Urkampf zwischen Idee und Erscheinung, zwischen Ewigkeit und Zeit, zwischen Göttlichem und Menschlichem." Haller muss es noch lernen, hinter den täuschenden Erscheinungen das Wesentliche zu erkennen.

Da er das nicht gekonnt hat, sondern „den schönen Bildersaal mit

der sogenannten Wirklichkeit" verwechselt hat, wird er vor der Jury der Unsterblichen angeklagt und für „schuldig befunden des mutwilligen Missbrauchs unsres magischen Theaters". Er wird deshalb verurteilt und mit drei Strafen belegt: dem ewigen Leben, dem zwölfstündigen Entzug der Eintrittsbewilligung ins magische Theater und dem einmaligen Ausgelachtwerden. Dazu ertönt „ein furchtbares, für Menschen kaum erträgliches Gelächter des Jenseits".

Endlich erkennt Haller die wahre Identität „seines" Mozart und begreift, was dieser Pablo-Mozart ihm verheißungsvoll sagt: „Sie sollen leben, und sie sollen das Lachen lernen." Hierin zeigt sich letzlich Hallers einsetzende Heilung: Er weiß, dass er sein Spiel – das Spiel des Lebens – in Zukunft besser spielen will und wird – und ihm ist klar, dass er das Lachen lernen muss.

Zwar bleibt der Schluss offen, der Optimismus Hallers ist dennoch unverkennbar. Er kann hoffen, einmal von den Unsterblichen als ihresgleichen akzeptiert zu werden.

„Es ist aber damit nichts getan", heißt es in einem Brief Hesses aus dem Jahre 1931, „dass man Krieg, Technik, Geldrausch, Nationalismus etc. als minderwertig ankreidet. Man muss an Stelle der Zeitgötzen einen Glauben setzen können. Das habe ich stets getan, im ‚Steppenwolf' sind es Mozart und die Unsterblichen und das magische Theater, im *Demian* und im *Siddhartha* sind dieselben Werte mit anderen Namen genannt..."

4.6 Der *Steppenwolf* im Unterricht (Gedankensplitter)

Hätte man Hesse gefragt, ob er den *Steppenwolf* für eine geeignete Schullektüre halte, dann wäre man unzweifelhaft einer ganz vehementen Verneinung sicher gewesen. „Ich hatte oft Grund mich über steppenwolflesende Schulknaben etwas zu ärgern, und tatsächlich habe ich ja auch das Buch in der Zeit dicht vor meinem 50. Jahr geschrieben." So kann man es in einem seiner um 1947 herum geschriebenen Briefe lesen.

Nun hat Hesse allerdings nicht etwa nur an das Thema von der Problematik des Fünfzigjährigen gedacht, als er das Buch schrieb, wie er nach seiner Bekundung überhaupt bei keinem seiner Bücher solche thematisch-theoretischen Absichten gehabt hat. Zuschriften von Schülern hatten ihm aber immerhin gezeigt, wie wenig diese jungen Leute solche Problematik oder die Warnung vor Krieg und Diktatur, die Tragik des Steppenwolfs oder die Chance seiner Heilung erfasst hatten. Derartige Zuschriften kamen aber in der Regel von solchen Lesern, die das Buch am liebsten vom Dichter selbst interpretiert haben wollten.

Und dann, wenige Jahre nach Hesses Tod, kam jener überraschende und gewaltige Umbruch. Der *Steppenwolf* wurde das Buch der Jugend. Soziologisch mag man das heute – also im Nachhinein – erklären können, dass dieser neue Impuls für Hesses Popularität gerade von dieser Dichtung und noch dazu von einem Lande ausging, dem Hesse selber zeit seines Lebens das geringste Verständnis für seine Dichtungen zugetraut hatte, von Amerika. Es war zuerst die junge amerikanische Generation, die während des Vietnamkrieges das Buch für sich entdeckte. „Selten ist", schrieb Robert Jungk 1973, „die Rolle des denkenden, an einer radikalen Veränderung der Strukturen und der Lebensweise interessierten Individuums, das sich dennoch weigert, ja weigern muss, revolutionären Programmen oder Funktionären zu folgen, so intensiv, ja geradezu selbstquälerisch durchdacht worden wie hier." Die Wirkung des *Steppenwolf* lag in der Herausforderung es einzelnen, mit der Veränderung, so wie es Hesse getan hat, bei sich selbst zu beginnen. Hesse hat mit dem *Steppenwolf* das Lebensgefühl der Jugend entscheidend beeinflusst und geprägt. Junge Menschen erkannten hier eine Alternative zur bisherigen Lebensform.

Die Motivation für die verstärkte Hesserezeption kam also von der jungen Generation, nicht etwa von kulturpolitischer oder Verlagsseite, sondern vom Leserinteresse her. Sie schlug aber sehr rasch um in eine Motivation, hinter der Verlags- und Rezeptionsstrategien standen: die Befriedigung und die Weckung neuer Leserwünsche und dadurch auch die Erzielung finanziellen Gewinns.

Es ist deshalb nicht verwunderlich, dass der Suhrkamp Verlag, als er im Januar 1975 mit einer neuen, inzwischen eingegangenen Reihe, der „Suhrkamp Literatur Zeitung", begann, die ähnlich wie die früheren Rotationsromane von Rowohlt aufgemacht war, als erste Nummer Hesses *Steppenwolf* herausbrachte. Die vom Verlag angesprochenen Adressaten waren vornehmlich Schülerinnen und Schüler, für sie in der Hauptsache war diese abonnierbare Zeitung gedacht.

Damit wurde jene Wandlung in der Hesserezeption, die sich in den sechziger Jahren vollzogen hatte, offenkundig, eine Wandlung, die scheinbar gegen Hesses Vorstellung vom Leser dieses Romans gerichtet war. Aber auch Hesse wusste sehr wohl, von Erwachsenen hatte er in der Tat, von jungen Menschen jedoch niemals Schmähbriefe wegen dieser Dichtung erhalten. Der *Steppenwolf* fasziniert einfach den Heranwachsenden. Emanuel Bin Gorion hatte das schon 1929 deutlich erkannt und in einer Besprechung betont, dass das Schicksal des Steppenwolfs, „weil es unser aller Schicksal ist, auch den Jüngsten ergreifen und ein solches Buch auch durchaus ein Buch der Jugend sein"[15] kann. Obwohl Haller ein Mann von fünfzig Jahren ist, hat ihn Hesse offensichtlich so beschrieben, dass gerade junge Menschen sich im besonderen mit ihm identifizieren können.

Dennoch sollte dieser Roman nicht vor dem 12. Schuljahr im Unterricht behandelt werden.

A Für einen Einstieg in die *Steppenwolf*-Behandlung im Unterricht bietet sich eine analytische Betrachtung an, die vom Traktat ausgeht. Hier wird wie in anderen Werken Hesses, wo er sie dichterisch gestaltet hat (etwa mit Giebenrath und Heilner in *unterm Rad* oder mit *Narziss und Goldmund* im gleichnamigen Roman), die Hypothese von der polarischen Spaltung des Menschen vorgetragen, die dann im magischen Theater zu einer unendlichen Vielfalt von Identitäten weiterentwickelt wird. Außerdem wird durch den Vergleich des Traktats mit dem magischen Theater die Gegenüberstellung eines – scheinbar – nichtfiktionalen Textes mit einem fiktionalen möglich.

B Die epische Darstellungsweise Hesses kann an den unterschiedlichen Erzählperspektiven (Herausgeber, Haller als Autobiograph, Verfasser des Traktats) erarbeitet werden. Angesprochen werden können in diesem Zusammenhang auch die lyrischen Bestandteile ("Ich Steppenwolf trabe und trabe ...", "Immer wieder aus der Erde Täler ...", "He, mein Junge ..."), eventuell sogar im Vergleich mit den *Krisis*-Gedichten. Untersucht werden können auch die dramatischen Elemente, die sich in der Darstellung des magischen Theaters zeigen.

15) Emanuel Bin Gorion: Ceterum Recenseo. Kritische Aufsätze und Reden. Tübingen: Alexander Fischer Verlag 1929. S. 100-107

C Darüber hinaus ergeben sich weitere Ansatzpunkte. Hesses *Steppenwolf* ist ein Zeitspiegel, der auch vom Glauben, der auch von Drogen handelt, Motivationen für lebhafte Gespräche. Hesses Auseinandersetzung mit dem Krieg im Jahre 1915 hat in diesem Buch eine augenfällige Widerspiegelung gefunden (Besuch beim Professor, Gespräch mit Hermine, Aufnahme von Hesses Aufsatztitel *O Freunde, nicht diese Töne!*). Der *Steppenwolf* handelt auch von Goethe (*Traum von einer Audienz bei Goethe*). Dazu können Hesses Goetheaufsätze (Hermann Hesse, Dank an Goethe. Betrachtungen, Rezensionen, Briefe. Neu zusammengestellt von Volker Michels. Frankfurt a. M.: Insel Verlag 1999.) herangezogen werden. Der *Steppenwolf* handelt ebenso von Mozart und es kann die Frage untersucht werden, welche Rolle der Musik in diesem Roman zugewiesen wird. Weitere Aspekte der Betrachtungen können die Themen „Das Antibürgerliche des Steppenwolfs" oder „Harry Haller als Systemkritiker, ohne selbst Verkünder eines neuen Systems zu sein" werden.

D Weiterführende Betrachtungen können sich dann auf die Entsprechungen beziehen, die sich im Roman mit der Psychoanalyse C. G. Jungs finden lassen. Recht interessant und lohnend ist es auch, die chinesischen Elemente aufzuspüren, die im „Steppenwolf" vorhanden sind. Das Buch von Adrian Hsia über „Hermann Hesse und China" ist dazu eine gute Hilfe.

Eine abschließende Gesamtbetrachtung lässt sich dann mit zwei Zitaten einleiten:

„*Der Steppenwolf* ist ein völlig verfehlter Mummenschanz der Selbstironie, er endet in Stumpfsinn und Grauen"[16].

---

16) Walter Dehorn: Psychoanalyse und neuere Dichtung. In: The Germanic Review. New York. Band 7, 1932

„Ein existenzieller Brevier des Anarchismus, eine Dichtung, die damals als faszinierende Studie über die Schizophrenie eines verklemmten Kleinbürgers gelesen wurde, inzwischen aber, im Lichte einer zum Kampf gegen die technologischen und Klassenzwänge entschlossenen neuen Linken, ihre latente Sprengkraft erwiesen hat"[17].

---

17) Heinrich Schirmbeck: Der neue West-östliche Diva. In: Frankfurter Rundschau. Frankfurt a. M: 6.5. 1972.

5. Literaturverzeichnis

Zum Gesamtwerk

Below, Jürgen, internationale Bibliographie zur Hermann-Hesse-Forschung, 4 Bände. Berlin: Walter de Gruyter 2007.

Hesse, Hermann: Gesammelte Werke (in zwölf Bänden). Frankfurt a. M.: Suhrkamp 1990.

Hesse, Hermann: die Romane und die großen Erzählungen in 8 Bänden. Frankfurt a. M.: Suhrkamp 2008.

***

Hesse, Hermann: Personen und Schlüsselfiguren in seinem Leben. Ein alphabetisches annotiertes Namensverzeichnis mit sämtlichen Fundstellen in seinen Werken und Briefen. Hrsg. Von Ursula Apel mit Unterstützung des Komitees der Internationalen Hermann-Hesse-Kolloquien in Calw. 2 Bände. München, London, New York, Paris: K. G. Saur 1989. Zusammen XXII, 1057 S.

Hesse, Hermann: Sein Leben in Bildern und Texten. Hrsg. Von Volker Michels. Frankurt a. M.: Insel 2007.

Michels, Volker: Hermann Hesse. Leben und Werk im Bild. Frankfurt a. M.: Insel Verlag 2007.

Zeller, Bernhard: Hermann Hesse. Eine Chronik in Bildern. Frankfurt a. M.: Suhrkamp 1986.

***

Ball, Hugo: Hermann Hesse. Sein Leben und sein Werk. Berlin und Frankfurt a. M.: Suhrkamp 2002.

Esselborn-Krummgiebel, Helga: Hermann Hesse. Literaturwissen für Schule und Studium. Ditzingen: Reclam 1995.

Freedman, Ralph: Hermann Hesse. Autor der Krisis. Eine Biographie. Frankfurt a. M.: Suhrkamp 1998.

Hsia, Adria: Hermann Hesse und China. Darstellung, Materialien und Interpretation. Frankfurt a. M.: Suhrkamp 2002.

Karalaschwili, Reso: Hermann Hesse – Charakter und Weltbild. Studien. Frankfurt a. M.: Suhrkamp 1996.

Kleine, Gisela: Zwischen Welt und Zaubergarten. Ninon und Hermann Hesse: ein Leben im Dialog. Frankfurt a. M.: Suhrkamp 1998.

Koester, Rudolf: Hermann Hesse. Stuttgart: J. B. Metzlersche Verlagsbuchhandlung 1989.

Limberg, Michael: Hermann Hesse und die Psychoanalyse. Gengenbach 1997.

Lindenberg, Udo und Schnierle-Lutz, Herbert: ein Hermann Hesse: Ein Lesebuch. Fankfurt a. M: Suhrkamp 2008.

Mileck, Joseph: Hermann Hesse. Dichter, Sucher, Bekenner. Biographie. Frankfurt a. M.: Suhrkamp 2002.

Pfeifer, Martin: Hesse-Kommentar zu sämtlichen Werken. Frankfurt a. M.: Suhrkamp 1990.

Schmelzer, Hans-Jürgen: Auf der Fährte des Steppenwolfs. Stuttgart: Hohenheim Verlag 2002.

Schneider, Christian Immo: Hermann Hesse. München: C. H. Beck 1991.

Schnierle-Lutz, Herbert: Hermann Hesse. Schauplätze seines Lebens. Frankfurt a. M.: Insel 2003.

Unseld, Siegfried: Begegnungen mit Hermann Hesse.. Frankfurt a. M.: Suhrkamp 2006.

Zeller, Bernhard: Hermann Hesse in Selbstzeugnissen und Bilddokumenten. Reinbek bei Hamburg: Rowohlt 1996.

***

Hermann Hesses weltweite Wirkung. Internationale Rezeptionsgeschichte. Herausgegeben von Martin Pfeifer. Frankfurt a. M.: Suhrkamp 1996.

***

Über Hermann Hesse. Band 1: Herausgegeben von Volker Michels. Frankfurt a. M.: Suhrkamp 1995.
Über Hermann Hesse. Band 2: Herausgegeben von Volker Michels. Frankfurt a. M.: Suhrkamp 1993.

***

Zu *Siddhartha*

Hesse, Hermann: Siddhartha. Eine indische Dichtung. Frankfurt a. M.: Suhrkamp 2008.
Hesse, Hermann: Siddhartha. Hörbuch. München: Hörverlag 2008.

***

Materialien zu Hermann Hesses „Siddhartha". Band 1. Hrsg. Von Volker Michels. Frankfurt a. M.: Suhrkamp 2004.
Materialien zu Hermann Hesses „Siddhartha". Band 2. Hrsg. Von Volker Michels. Frankfurt a. M.: Suhrkamp 2002.
Hesse, Hermann: Aus Indien. Aufzeichnungen, Tagebücher, Gedichte, Betrachtungen und Erzählungen. Neu zusammengestellt und ergänzt von Volker Michels. Frankfurt a. M.: Suhrkamp 2004.
Hanh, Thich, Nhat: Wie Siddhartha zum Buddha wurde: Eine Einführung in den Buddhismus. München: dtv 2004.
Herforth, Maria Felicitas: Interpretation zu Hermann Hesse: „Siddhartha. Hollfeld: C. Bange 2008.

Jung, Mathias: LebensFluss - Hermann Hesses Siddharta. Lahnstein: Emu 2002.

Kopp, Sheldon B.: Triffst du Buddha unterwegs ... Psychotherapie und Selbsterfahrung. Frankfurt a. M.: Fischer Taschenbuch Verlag 2006.

Mechadani, Nadine: Hermann Hesse auf der Couch: Freuds und Jungs Psychoanalyse und ihr Einfluss auf die Romane „Demian", „Siddhartha" und „Der Steppenwolf". Marburg: Tectum 2008.

Theodorou, Panagiota: Übergangsriten in Hermann Hesses Erzählen: Eine Studie zu Siddhartha sowie Narziß und Goldmund. München: Iudicium 2008.

∗∗∗

Zu *Der Steppenwolf*

Hesse, Hermann: der Steppenwolf. Frankfurt a. M.: Suhrkamp 2008

Hesse, Hermann: der Steppenwolf. Hörbuch. München: Hörverlag 2008.

∗∗∗

Materialien zu Hermann Hesses „Der Steppenwolf". Hrsg. Von Volker Michels. Frankfurt a. M.: Suhrkamp 1998.

Materialien. Hermann Hesse „Der Steppenwolf". Ausgewählt und eingeleitet von Martin Pfeifer. Stuttgart: Klett 1997.

Schwarz, Egon (Hrsg.): Hermann Hesses „Steppenwolf". Königstein/ts.: Athenäum 1989.

∗∗∗

Braun, Peter: Von Taugenichts bis Steppenwolf. Eine etwas andere Literaturgeschichte. Berlin: Bloomsbury 2006.

Burger, Hermann: Ein Blick ins maskentreibende Chaos. In: Romane von gestern – heute gelesen. Band II: 1918-1933. Hrsg. Von Marcel Reich-Ranicki. Frankfurt a. M.: S. Fischer 1989.

Esselborn-Krummbiegel, Helga: Hermann Hesse, der Steppenwolf. Interpretation. München: Oldenbourg 1989.

Hesse, Hermann: Oldenbourg Interpretationen, Bd.17. München: Oldenbourg 1998.

Hesse, Hermann: Der Steppenwolf. Erläuterungen und Dokumente. Ditzingen: Reclam 1992.

Hoppe, Otfried: Hermann Hesse: Der Steppenwolf. Die Krise des bürgerlichen Bewusstseins. In: Jakob Lehmann (Hrsg.), Deutsche Romane von Grimmelshausen bis Walser. Interpretationen für den Literaturunterricht. Band 1: Von Grimmelshausen bis J. Roth. Königstein/ts.: Scriptor 1982. 310 S., S. 177-193. (Scriptor Taschenbücher, S. 166: Literatur + Sprache + Didaktik.)

Karalaschwili, Reso: Der Romananfang bei Hermann Hesse. Die Funktion des Titels, des Vorworts und des Romaneinsatzes in seinem Schaffen. In: Jahrbuch der Deutschen Schillergesellschaft. 25. Jg. 1981. Stuttgart: Kröner 1981. S. 446-473.

Karalaschwili, Reso: Harry Hallers Goethe-Traum. Vorläufiges zu einer Szene aus dem „Steppenwolf" von Hermann Hesse. In: Goethe-Jahrbuch. 97. Band der Gesamtfolge. Weimar: Hermann Böhlaus Nachf. 1980. S. 224-234.

Kast, Verena: Die Psychoanalyse nach C. G. Jung: Eine praktische Orientierungshilfe - Psychotherapie konkret. Stuttgart: Kreuz-Verlag 2007.

Mayer, Hans: Hermann Hesse und das Magische Theater. In: Jahrbuch der Deutschen Schillergesellschaft. 21. Jg. 1977. Stuttgart: Kröner 1977. S. 517-532.

Mechadani, Nadine: Hermann Hesse auf der Couch: Freuds und Jungs Psychoanalyse und ihr Einfluss auf die Romane „Demian", „Siddhartha" und „Der Steppenwolf". Marburg: Tectum 2008.

Michels, Volker: Suhrkamp Taschenbücher, Nr.53, Materialien zu Hermann Hesses ‚Der Steppenwolf'. Frankfurt a. M.: Suhrkamp 1998.

Patzer, Georg: Der Steppenwolf. Lektüreschlüssel. Ditzingen: Reclam 2007.

Pfeifer, Martin: Der Steppenwolf. Materialien. Stuttgart.: Klett 1997.

Schwarz, Egon: Hermann Hesse: ‚Der Steppenwolf' (1927). In: Deutsche Romane des 20. Jahrhunderts. Neue Interpretationen. Hrsg. Von Paul Michael Lützeler. Königstein/ts.: Athenäum 1983. 410 S., S. 128-147; durchgesehene und überarbeitete Fassung in: Interpretationen. Romane des 20. Jahrhunderts. Band 1. Stuttgart: Philipp Reclam jun. 1995.

Stuckel, Eva Maria und Wegener, Franz: Interpretationen zu Hermann Hesses Der Steppenwolf. Gladbeck: Kulturförderverein Ruhrgebiet 2001.

***

Internet

http://www.hermann-hesse.de/

http://de.wikipedia.org/wiki/Hermann_Hesse

http://de.wikipedia.org/wiki/Der_Steppenwolf

http://www.dhm.de/lemo/html/weimar/kunst/steppenwolf/index.html

http://de.wikipedia.org/wiki/Siddhartha_(Hesse)

http://www.wcurrlin.de/kulturepochen/eigenmaterial/hermann_hesse_siddharta.htm

Die beiden hier vorgestellten Romane sind in alle großen Sprachen der Welt übersetzt worden.

„Siddhartha" wurde 1923 zuerst ins Ungarische übertragen; erst 1951 erschien eine englische Übersetzung.

Hingegen erschien „Der Steppenwolf" bereits 1929 auf Englisch, ehe er auch in andere Sprachen übersetzt wurde.